Stefan Valentin Müller (Hrsg.)

Vorne im Hinterland

Hufe auf Kopfstein
schwingt sich in Wolkenhöhen
nach dem Abäppeln

Stefan Valentin Müller (Hrsg.)

Vorne im Hinterland

Kurzgeschichten aus Aschaffenburg

Alibri

2010

Alibri Verlag
www.alibri.de
Aschaffenburg
Mitglied in der *Assoziation Linker Verlage* (aLiVe)

1. Auflage 2010

Copyright 2010 by Alibri Verlag, Postfach 100 361,
63703 Aschaffenburg

Alle Rechte, auch die des auszugsweisen Nachdruckes, der photomechanischen Wiedergabe, der Herstellung von Mikrofilmen, der Einspeicherung in elektronische Systeme sowie der Übersetzung vorbehalten.

Umschlaggestaltung: Claus Sterneck
(unter Verwendung eines Fotos von Thomas Ziegler)
Druck und Verarbeitung: Sowa, Warschau

ISBN 978-3-86569-101-9

Inhaltsverzeichnis

Die Penner vorm Norma	Gerhard Roth	9
Die Kastanie	Meike Kreher	11
Als der Wind sich drehte	Christian Schmidt	14
Jubiläum	Christine Mai	19
Sara und Meera	Dietmar Rehwald	26
Mein erster Roman	Horst Kayling	30
Die Katze	Karin Senn	36
Amerika	Stefan Valentin Müller	41
Der heilige Urban	Gerhard Roth	47
Unbewaffnete Tiere	Christian Schmidt	53
Der Hüpfer	Horst Kayling	56
Ganz bestimmt	Christine Mai	59
Beim ersten Hahnenschrei	Gerhard Roth	61
Ordnung muss sein	Christian Schmidt	63
Der Aktenkoffer	Dietmar Rehwald	68
Glückliche Affäre	Christine Mai	72
Der Vortrag	Meike Kreher	74
Monika	Horst Kayling	79
Isolde	Christian Schmidt	85

Von Hühnern und Menschen	Gerhard Roth	93
Georgs Uhr	Stefan Valentin Müller	95
Aufgestauter Atem	Dietmar Rehwald	101
Agnes	Christine Mai	109
Midoris Vater	Stefan Valentin Müller	114
Der Schwarze	Gerhard Roth	123
Zaunkönig	Horst Kayling	127
Erinnerungsspuren	Dietmar Rehwald	132
Autorinnen und Autoren		136

Vorwort

Nachdem ich vor gut drei Jahren nach Aschaffenburg zurückgekehrt war, gab mir die örtliche Volkshochschule die Gelegenheit, eine Schreibwerkstatt einzurichten. Das Interesse war groß. Einige Teilnehmer sind von Anfang an dabei, andere später dazugestoßen. Allen gemeinsam ist die Begeisterung für Literatur und die Ausdauer, an Texten zu arbeiten, Kritik zu ertragen und diese konstruktiv umzusetzen. Vor allem aber schreiben die ausgewählten Kursteilnehmer einfach gute Geschichten. Eine Auswahl haben wir in vorliegendem Band zusammengetragen. Lesefreude und anregende Gedanken dabei wünscht

Stefan Valentin Müller

Komm, Muse, reiche mir den Stift, den Faber
in Nürnberg produzieren muss!
Noch ein Mal sattle mir den Traber,
den alten Stecken-Pegasus
Wilhelm Busch

Gerhard Roth
Die Penner vorm Norma

Ich laufe die Friedrichstraße hoch. Vom Gericht aus habe ich noch einen Kilometer vor mir. Ich setze zum Spurt an. Die Stoppuhr habe ich abgenommen und halte sie in der linken Hand.

Vorm Norma stehen zu dieser Zeit Penner mit Bierflaschen in den Händen. Es sind immer die gleichen Typen. Eine Frau ist auch dabei und... *er*. Anfangs duckte er sich weg, wenn er mich sah. Jetzt grinst er mich ohne Scham an. Er hatte uns sitzen lassen, andere Frauen, Scheidung, arbeitslos. An den Schulden haben wir heute noch zu knabbern. Jeder von den Berbern wird ein ähnliches Schicksal erzählen können. Ihre Gesichter sind gelbgrau verfärbt, es sind alte Gesichter. Selbstgedrehte Zigarettenstummel hängen zwischen ihren verfaulten Zähnen. Beim Vorbeilaufen wehen mir Nikotinschwaden und Alkoholfahnen entgegen, ich wende mein Gesicht ab, dennoch atme ich die Giftwolke ein. Ich muss husten. Ihre Augen blicken hellwach, da lodert pure Gier. Diese Augen passen nicht in die alten Gesichter. Soll ich euch bedauern?

Ich nehme den Suchtberatern ja ab, dass ihr krank seid. Aber jeder Kranke will wieder gesund werden. Auf Entzug wollt ihr nicht gehen, ihr Weicheier. Dazu seid ihr zu labil. So kommt ihr niemals auf die Beine. Mehr Härte! Ihr könntet im Schöntal Wege kehren und Laub rechen. Verdientes Geld würdet ihr wieder in Alkohol umsetzen. Ich verwerfe meine Patentrezepte, die greifen nicht. Was sorge ich mich eigentlich so um euch? Wer hat sich um mich gesorgt?

Quer über den Marktplatz, den Landing hinunter, ich habe bereits drei Sekunden verloren. Ich kann nicht mehr beißen, mir fehlt die Wettkampfhärte. Meine Oberschenkel stechen. Abgehärtet seid ihr Süffel ja, jede Nacht im Freien, unter der Mainbrücke, zugedeckt mit Tüten vom Aldi und Norma. Den am Gericht habt ihr kaputt gemacht. Dessen Verkaufszahlen gingen rapide zurück. Da hat *er* mir doch heute tatsächlich nachgeschrieen: „Hey Hans, lauf du lahmes Schwein, beweg dich." Ich halte mir die Stoppuhr vor die Augen. Ein anderer Tippelbruder grölt hinterher: „Du musst doch süchtig sein!" Das traf mich hart. Wusste er, dass ich einmal an der Nadel hing? Den Dalberg hoch verliere ich weitere Sekunden. Auf einen Kilometer zehn Sekunden, das sind eine Minute vierzig auf zehn Kilometer, sechzehn Minuten vierzig auf hundert Kilometer. Das ist zuviel, die sieben Stunden für hundert Kilometer kann ich mir abschminken. Warum muss ich mich jeden Tag so quälen? Morgen... morgen werde ich wieder laufen. Am Main entlang, die Friedrichstraße hoch, vorbei am Norma. Gut, dass Mutter das nicht mehr erleben musste.

Meike Kreher
Die Kastanie

Heinrich Sünder hing an der alten Kastanie im Hof.

Ganz leicht nur pendelte der Tote hin und her. Über allem lag Stille. Kein knatternder Traktor auf flurbereinigten Feldern, kein sonntägliches Motorrad war zu hören. Nur der bemooste Ast ächzte unter der Last, die vor einer viertel Stunde noch der am meisten gehasste Mann im Dorf gewesen war. Der Bauer mit dem massigen Leib wirkte jetzt wie ein schlaffer, mit wenig Wasser gefüllter Luftballon.

Bald gewann die Schwerkraft den schweigsamen Kampf gegen das pendelnde Gewicht und auch der allerletzte baumelnde Schwung erstarb. Das Bild eines Menschen, der sich mit gesenktem Haupt dem Tod, dem größten aller Friedensstifter, ergeben hatte und geduldig auf Verwesung wartete. Auf dem Hals des Bauern jedoch sah man frische, blutige Striemen. Es war deutlich erkennbar, dass er seinen kurzfristigen, aus reinem Trotz gefassten Beschluss, bereut hatte, als es bereits zu spät war, um einlenken zu können. Heinrich Sünder starb in dem Bewusstsein, einen furchtbaren Fehler gemacht zu haben. Sein Kragen war blutverschmiert, sein Mund war trotz der tödlichen Erschlaffung schief und wie versteinert in ungläubiger Erkenntnis. Nach kurzem Todeskampf zuckten weder Finger noch Füße mehr.

Ein Mobiltelefon klingelte, eine schlichte elektronische Melodie, die ganz leise, begleitet von einem vibrierenden Brummen, anhob und mit jedem Läuten ungeduldig lärmender tönte. Eine Frau trat durch die Tür aus dem Fachwerkhaus.

„Heinrich, dein Telefon", rief sie, ohne dabei über das mit Blumen bewachsene, hohe Geländer zu blicken, hinter dem sie die Kastanie mit ihrem unheimlichen klingenden Ballast hätte sehen können.

„Heinrich!"

Dann wandte die Bäuerin dem Hof wieder den Rücken zu und kehrte in ihren Herrschaftsbereich zurück.

„Die Landwirtschaft ist sein's, das Haus mein's. Jeder macht das, was er zu tun hat", entgegnete sie immer auf ihren regelmäßigen Landfrauentreffen auf die Frage, wie sie es mit so einem wie ihm überhaupt aushalten könne.

Das Klingeln des Mobiltelefons endete mitten in der sich wiederholenden, kurzen Melodie und für ein paar Stunden war alles still.

Später hob der Wind an. Das Netz, an dem eine Spinne zwischen Ast und Kälberstrick webte, wölbte sich ein wenig. Der tote Leib pendelte unmerklich im Gleichklang mit Ast und Blattwerk und ein kleiner Vogel mit roter Brust flatterte auf und setzte sich auf stabileren Grund nieder. Auf der anderen Seite des Hofes jagte eine Katze einer raschelnden Maus hinterher, packte sie, schleuderte sie auf ausgefahrenen Krallen in die Luft, versetzte ihr spielerische Pfotenschläge, griff sie dann vorsichtig mit den Zähnen und trug sie unter den Baum. Dort ließ sie sie zum erneuten mörderischen Spiel aus dem Maul plumpsen.

Immer kommt er zu spät, dachte die Bäuerin, die das Nachtessen zubereitet hatte. Sie wartete darauf, dass der Bauer an den Tisch kommen, sich Suppe in den Teller gießen lassen und mit über den Teller gebeugtem Kopf schweigend essen würde. Danach ging er gewöhnlich ins Bett. Zum Glück ließ er sie schon lange in Ruhe. Doch niemand kam heute stapfend zur Tür herein und ließ Erd- und Grasreste auf dem glattpolierten Holzfußboden zurück. Sie stellte den Topf mit der Suppe zurück auf den Herd. Die Katze saß vor der Tür und als die Bäuerin sie öffnete, um die Treppe hinunter in den Stall zu gehen und ihn zu rufen, schmiegte sich das Tier in nie gekannter Innigkeit an den Schuh der Bäuerin.

„Ja, du", sagte die Frau zärtlich, nahm sie hoch und ging mit schwerem Schritt hinunter. Am Ende der Treppe sah sie im Augenwinkel einen verschwommenen Fleck unter der Kastanie, die Katze leckte ihr mit rauer Zunge die Wange.

„Ja, du", sagte sie noch einmal und kraulte sie an Hals und Bauch, dass ihre Hände ganz voller weißer Katzenhaare waren.

Das Gesicht des Bauern war blau, fast schwarz. Unter der Leiche lagen die Überreste einer Maus.

„Gelobt sei Jesus Christus", entfuhr es der Frau. Die Katze schnurrte leise.

Christian Schmidt
Als der Wind sich drehte

Der Wind beißt in meinen Rücken. Ich stehe auf dem kalten Asphalt und blicke nach oben. Dort steht Peter.

Ich erkenne ihn, trotz Entfernung. Peters blasses Gesicht. Dazu im Kontrast sein schwarzer Pullover, die schwarze Lederhose. Sein dunkles Haar weht nach hinten. Er steht dort, und ich sehe ihn. Ob er mich sieht? Ich weiß es nicht.

Ich kenne Peter seit der achten Klasse. Sein rebellisches Äußeres, das so gar nicht dem meinen entsprach, faszinierte mich auf Anhieb. Schnell fassten wir einander Vertrauen. Bereits nach einer Woche zeigte er mir seinen blauroten Arm, den er seinem Vater zu verdanken hatte. Dieser war stocksauer, weil Peter als erster in der Familie eine Klasse nicht geschafft hatte.

In unserer Freizeit lud ich ihn in „Ellis Eisbar" ein oder nahm ihn mit nach Hause. Dort schauten wir DVDs oder hörten Platten aus Paps Sammlung. Zudem half ich Peter in Englisch und Mathe, und wir schafften gemeinsam das Abitur.

Wir streckten unsere Zeugnisse gemeinsam auf der Aulabühne in die Luft. Ich erinnere mich an meine Eltern, die in der ersten Reihe saßen und applaudierten. Peters Vater sah ich nie.

Peter erzählte mir einmal, dass sein Vater mit der offiziellen Bezeichnung „Zeugnis der Allgemeinen Hochschulreife" nichts hatte anfangen können. Als er es ihm erläutern wollte, entkam er nur knapp dem Schlag mit dem Gürtel, in den dann seine Mutter lief.

Ich habe mich oft gefragt, warum der eigene Vater nicht stolz auf seinen Sohn sein konnte. Peter war immerhin der erste in der Familie gewesen, der das Abitur geschafft hatte. Seine Brüder hatten spätestens nach der zehnten Klasse eine Ausbildung begonnen. Das machte den Vater stolz. Mein Paps hätte mich auch geliebt, wenn ich einer brotlosen Kunst nachgegangen wäre.

Warum Peters Vater so war, konnte ich mir nie erklären. Wenn ich meinen Freund darauf ansprach, machte er einen Scherz oder schwieg. Daher beschloss ich irgendwann, diese Fragen nicht mehr zu stellen.

Es war nicht so, dass Peter die Verhältnisse daheim verheimlicht hätte. Wie hätte er auch? Als er den Bescheid bekam, dass er Zivi werden dürfte, anstatt zum Bund zu gehen, flippte sein Vater völlig aus. Nie wieder sah ich Peter mit derart blauen Augen.

Peter ging für ein Jahr nach Wangerooge und arbeitete in der Jugendherberge. Ich ging zur Caritas.

Peter schrieb mir oft, wie frei er sich am Strand fühlte, wenn die Wellen an Land klatschten und der Wind von hinten heran schoss. Im Herbst zahlte Paps mir eine Fahrkarte, und ich besuchte Peter. Wir stapften gemeinsam durch den feuchten Sand, die Luft schmeckte nach Salz. Als uns der Wind von hinten fast umriss, breitete er plötzlich die Arme aus und lief vollständig bekleidet ins eisige Wasser. Er rief: „Sieh her, ich kann fliegen!"

Wenn er auch in diesem Moment geflogen sein sollte, er landete wieder. In der Heimat.

Peter wollte studieren, Englisch und Mathe auf Lehramt. Sein Vater regte sich nicht mehr auf. Er sagte gar nichts mehr.

Wir beschlossen, gemeinsam in ein Studentenwohnheim zu gehen.

Ich hatte eigentlich nie vorgehabt, mich so früh von meinen Eltern zu trennen. Im Gegenteil. Meine berufliche Zukunft sah vor, dass ich nach dem Studium in Paps Kanzlei eintreten würde.

Doch Peter wollte nach dem Jahr auf der Insel frei bleiben und den Kontakt zu seinen Eltern aufs Nötigste beschränken. Ich begleitete ihn, und wir bezogen jeder ein kleines Ein-Zimmer-Apartment. Tür an Tür.

Er jobbte in einem Plattenladen, um die Miete aufzutreiben. Ich verließ mich auf Paps regelmäßige Überweisungen.

In den Freistunden konnten wir gemeinsam in der Cafeteria sitzen. Die Mittagszeit verbrachten wir in der kleinen Mensa oder, noch lieber, in der nach Bratfett und Pommes duftenden „Bierklause". Manchmal begleiteten uns andere Kommilitonen, doch in der Regel blieben wir unter uns.

Nicht, dass wir Außenseiter gewesen wären, das waren wir schon in der Schule nicht. Aber das unsichtbare Band, das zwischen uns bestand, war zu fest für einen Dritten.

Hin und wieder ließen wir uns überreden, zu den obligatorischen Studentenpartys zu gehen. Doch es war kein Wunder, dass wir uns bei der Mehrzahl der Happenings schnell langweilten. Der Alkohol floss in Strömen, es stank nach Nikotin und Gras. Dies war nicht unsere Welt. Und mit dem Small Talk konnten wir erst recht nichts anfangen. Besonders dann, wenn das obligatorische Thema angeschnitten wurde, dass es an unserer Uni die höchste Selbstmordrate gab. Wir nickten dann mit aufgesetztem Lachen, schalteten unsere Ohren auf Durchzug. Und eine Stunde später verließen wir die Party, um in meiner Bude bei einer Flasche Wein den Abend beschließen zu können.

Wie hätte ich auch ahnen können, dass eines Tages mein Freund Peter dem ewigen Studentenparty-Thema ein neues Kapitel hinzufügen würde.

In der vergangenen Woche stand Peter vor meiner Bude. Sein Vater hatte angerufen, er solle nach Hause kommen. Angeblich was Wichtiges. Ich fragte ihn, ob ich ihn begleiten sollte. Er schüttelte den Kopf und schwieg. Dann ging er. Wir sprachen uns nicht mehr.

Ich stehe immer noch hier unten. Der Wind beißt in meinen Rücken. Alle haben sich versammelt. Polizei, Notarzt, Feuerwehr, die Gaffer. Und ich. Ich stelle den Kragen meines Mantels hoch, um mich zu schützen, die Kälte zieht dennoch bis auf die Knochen.

Ich sehe Peter dort auf dem Hochhaus stehen, ganz klein und dennoch unverwechselbar. Das ist Peter, wie ich ihn seit nunmehr acht Jahren kenne und liebe.

Die Einsatzkräfte sind in ihrem Element. Wie Ameisen agieren sie nach strengen Regeln, wollen die Katastrophe verhindern. Jeder geht seiner Aufgabe nach, und ich bin mir sicher, dass irgendwo im Hochhaus schon ein Psychologe unterwegs ist.

Doch das alles interessiert mich nicht. Ich habe nur Augen für meinen Freund, der dort oben steht. Allein.

Plötzlich drückt der Wind von vorne. Die Brille schützt nicht. Durch die Tränen sehe ich, wie Peter springt. Die Arme weit von sich gestreckt.

Christine Mai
Jubiläum

Der Notarzt fährt ab. Dann der Leichenwagen. Ich bin noch immer wie betäubt. Trotzdem habe ich die Beruhigungsspritze abgelehnt. Als der junge Polizist vorschlägt, wegen meiner Aussage am nächsten Morgen wiederzukommen, bitte ich ihn, es gleich zu erledigen.

Er sieht zu, wie ich frischen Tee aufgieße. Das Wasser in der Glaskanne verfärbt sich in dunkle Graberde. Den Rest in der silbernen Thermoskanne, von der Kurt genommen hat, will ich nicht anrühren.

„Ich mache mir solche Vorwürfe", sage ich leise, als wir am Esstisch sitzen. „Wenn ich ihn nicht in den Keller geschickt hätte..." Die Tasse klirrt, als ich sie zurückstelle. Etwas Tee schwappt aus. „Dieser blöde Wein. Wäre ich doch selbst gegangen..." Mein Mund ist so ausgedörrt, dass ich nicht schlucken kann. Ich atme tief durch. Es ist immer noch so unwirklich. „Er muss auf der steilen Treppe das Gleichgewicht verloren haben", fahre ich nach einer Ewigkeit fort. Der Schmerz hinter meinen Augen nimmt zu. „Als ich ihn endlich gefunden habe, war es zu spät."

Der Polizist schreibt mit sorgfältigen Buchstaben das Protokoll. Es scheint ihm unangenehm zu sein. Die besorgten Blicke, die er mir heimlich zuwirft, verraten, wie groß seine Angst ist, ich könne vor ihm in Tränen ausbrechen. Ich bin froh, dass sie mir so einen Grünschnabel geschickt haben. Das macht es leichter, nicht alles zu sagen. Dass Kurt vorher über Übelkeit geklagt hat. Dass er „Ich kann fliegen!!!" gerufen hat, bevor er vom Treppenabsatz abhob.

„Sollen wir jemanden benachrichtigen?", fragt er beim Gehen. „Nicht, dass Sie hier ganz alleine ..."

„Ich habe meinen Schwager angerufen", beruhige ich ihn. „Keine Sorge, ich komme schon zurecht."

Ich sehe zu, wie er in der Einfahrt wendet und davonfährt. Dann kehre ich ins Haus zurück. Die Stille ist mir jetzt unheimlich. Ich ziehe den Reißverschluss der Strickjacke bis zum Hals zu. Meine Hände sind eiskalt. Mit einer heißen Tasse Tee sitze ich am Esstisch und starre auf das Handy, das vor mir liegt. Franks Nummer habe ich schon x-mal gewählt, aber es meldet sich immer nur die Mailbox.

Ich weiß, dass sich der Notarzt über meine Reaktion gewundert hat. Oder vielleicht auch nicht. Natürlich war ich geschockt. Ich bin es noch immer. Aber weniger darüber, dass mein Mann Kurt ums Leben gekommen ist, als vielmehr über die Art und Weise.

Leicht hysterisch lache ich auf. Wochen-, monatelang hat mich mein schlechtes Gewissen gequält. Auch wenn Kurt und ich schon lange keine normale Ehe mehr führten, sondern gleichgültig nebeneinander herlebten – so abgebrüht bin ich auch nicht, dass es mir nichts ausgemacht hat, ihn zu betrügen.

Ich schenke mir nach. Die Kopfschmerzen sind immer noch da. Wieder die Mailbox. Ich warte.

Lange schlaflose Nächte habe ich auf diesen Tag hingearbeitet. Habe gegrübelt, geplant, ausprobiert.

Heute Morgen hat alles so perfekt ausgesehen. Vor 25 Jahren haben Kurt und ich uns kennengelernt. Unser Jubiläum. Für diesen besonderen Tag habe ich extra das feine Meißener Porzellan herausgeholt, das wir von seiner Mutter geerbt haben und das ich so hasse. Habe ein Vier-Gänge-Menü gezaubert, vor dem jeder Sternekoch erblasst wäre. Zum Dessert meine legendäre Schokoladentorte. Und Kurts Tee in der silbernen Thermoskanne, nur für ihn allein.

Verstehen Sie mich nicht falsch. Ich bin keine Mörderin. Wirklich nicht. Sicher hätte ich mich von ihm scheiden lassen können. Aber wozu? Ich wäre mit leeren Händen dagestanden, und das ist zu wenig für die langen Jahre, die ich mit ihm verschwendet habe.

Aber jetzt wird alles besser werden. Das Geld. Das Haus. Die Firma. Ein sorgenfreies Leben liegt vor mir. Und ich bin frei! Endlich frei für den Mann, den ich wirklich liebe.

Ich schaue auf die Uhr. Mir ist kalt. Da war doch noch Tee. Wieder die Mailbox. Ich warte.

Frank klingelt eine Stunde später an der Haustür. Ich kriege feuchte Hände. Noch immer ist es so wie bei unserer ersten Begegnung. Mein Herz schwebt.

Zögernd schiebt er sich ins Zimmer. Er ist bleich.

„Tut mir Leid, Kleines", sagt er. „Es ging nicht früher."

Seine Umarmung tut mir gut. Sein Bart kitzelt an meiner Wange. Ich schließe die Augen und sauge den Duft nach Pfeifentabak ein, der immer an ihm haftet. Es scheint Jahrtausende her zu sein, dass wir zuletzt zusammen waren.

„Jetzt bist du ja da", flüstere ich in sein Ohr.

Ich schiebe meine Hände unter seinen Pullover und streichle seinen Rücken. Jeder seiner Muskeln ist mir so vertraut. Sein Mund schmeckt nach Rauch und Freiheit.

„Was ist denn nur passiert?", fragt er.

Ich erzähle, was ich auch dem Notarzt und der Polizei gesagt habe, mit den fast exakt gleichen Worten. Seine Gesichtszüge zerfließen. Schwarze Krater da, wo sonst braune Augen blitzen. Es versetzt mir einen Stich. Es scheint ihn mehr zu treffen, als ich erwartet habe.

Er weiß nichts von dem, was mich seit unserem letzten heimlichen Treffen beschäftigt. Ach was, natürlich weiß er es. Ich habe doch gesehen, wie unglücklich er war. Der endlose Streit mit seiner Frau, der ihn so zermürbte. Beim letzten Mal war er besonders schlimm dran gewesen.

„Es ist mir ernst", hatte er verbittert geschworen. „Dieses Biest! Diesmal verlasse ich sie wirklich!"

Die Erinnerung prickelt auf meiner Haut.

Gebannt sehe ich zu, wie er zu der antiken Kommode geht, auf der Kurts Whiskey-Sammlung steht. Mit einer wehmütigen Geste streicht er über die glatte Oberfläche. Auch ein Familienerbstück. Mir fällt ein, wie erbittert die beiden Brüder nach dem Tod der Eltern ausgerechnet um diese Kommode gekämpft haben, als wäre sie eine Insignie ihrer Gleichberechtigung.

Frank scheint auch daran zu denken. Er schnuppert an einer der Karaffen und verzieht das Gesicht. Etwas an seinem Ausdruck stört mich.

„Du kannst die Kommode endlich bekommen", höre ich mich von weit weg sagen. „Wenn du erst hier eingezogen bist, gehört eh' alles dir."

Verblüfft schaut er mich an.

„Warum sollte ich hier einziehen?"

Ich sammle Speichel im Mund. Mir ist übel.

„Aber das ist doch das Beste für uns", fahre ich tapfer fort. „Natürlich werden die Leute reden. Das ist normal. Bis du von deiner Frau geschieden bist... Und dann... Du hast es doch auch gewollt."

Seine Augen weiten sich zu Untertassen. Ich sehe interessiert zu, wie sich sein Mund öffnet und schließt wie bei einem Fisch im Wasser. Dann erst erreichen seine Worte mein Ohr.

„Um Gottes Willen, Kleines", sagt er, „du hast doch nicht wirklich ernst genommen, worüber wir letzthin gesprochen haben. Ich bitte dich! Das mit uns ist doch nichts Dauerhaftes! Wir wollten doch nur unseren Spaß. Natürlich, das mit Kurt ist entsetzlich. Aber nur, weil du jetzt frei bist, gebe ich doch meine Ehe nicht auf!"

Er grinst wie ein Bub, der beim Bonbonklauen erwischt wurde, und das sagt mir, dass er es nicht so meint. Bestimmt nicht. Alles ist so wie vorher. Trotzdem wird mein Hals eng. Ich kann nicht schlucken.

Er steht immer noch neben der Kommode. Ich ziehe den Reißverschluss der Strickjacke herunter. Knöpfe die Bluse auf. Darunter trage ich nichts. Ich presse mich an seinen Körper. Dränge ihn gegen das Holz. Sage Worte, die ich selbst nicht verstehe.

Sein Gesicht weicht meinem Mund aus. Es ist pink. Ich streife an ihm herunter, bis ich an seinen Gürtel gelange. Es kann nicht sein. Er hat es doch auch immer gewollt.

„Verdammt, Birgit, hör auf damit!", schreit Frank.

Der Nebel zerreißt. Er umklammert meine Handgelenke und schiebt mich herum, dass mein Rücken an die Kommode stößt. Mir bleiben die Worte im Hals stecken. Er sieht aus wie Kurt.

„Begreif doch", fährt er ruhiger fort und lässt mich los. „Ich hatte nie vor, meine Frau zu verlassen. Es tut mir Leid, falls du das geglaubt hast. Natürlich, du stehst unter Schock. Dieses Unglück mit Kurt..."

Die Konturen verschwimmen. Ich habe einen See im Mund. Gelbe und blaue Schlieren wirbeln um mich herum. Frank steht vor mir und spricht weiter, ohne dass ich etwas verstehe. Und neben ihm Kurt, der anklagend auf mich deutet. Das kann er nicht! Das darf er nicht! Wenn Frank erfährt, was ich getan habe, wird er mich nicht lieben können! Noch hat er Kurt nicht bemerkt, aber lange kann es nicht mehr dauern. Ich greife nach hinten und ertaste eine der Whiskey-Karaffen. Die Welt versinkt in Blutrot.

Ich öffne mühsam die Augen. Ein fremdes Zimmer. Ein fremdes Bett. Mein dröhnender Kopf lässt nicht zu, dass ich mich aufsetze. Ich muss würgen. Der breiige Geschmack in meinem Mund macht es nur schlimmer. Mein Magen brennt. Die Luft wabert. Ich presse die Lider zusammen und reiße sie wieder auseinander. Die Konturen werden klarer, langsam.

Erst jetzt bemerke ich den jungen Polizisten auf einen Stuhl neben dem Bett. Er schaut verändert aus. Etwas von seiner naiven Blauäugigkeit ist verschwunden.

„Frau Schubert", sagt er förmlich, „wir wissen jetzt, dass der Tod Ihres Gatten kein Unfall war. Der Tee in der silbernen Thermoskanne enthielt die hohe Konzentration eines Giftes, das im Stechapfel vorkommt, einer Pflanze, die in Ihrem Garten wächst. Es führt zu Verwirrtheit und Halluzinationen. Wir haben es im Blut Ihres Mannes nachgewiesen. Reste dieser Pflanze fanden wir in einer Dose, die Ihre Fingerabdrücke trägt. Die gleichen Fingerabdrücke, die wir auch auf der Whiskey-Karaffe sicherstellten, mit der Ihr Schwager Frank erschlagen wurde. Sie sind verhaftet."

Dietmar Rehwald
Sara und Meera

Nordpolare Strömung weht kühle Klarheit heran. Sara läuft am Strand entlang, vorbei an windschiefen Kiefern. Ein tiefblauer Stoff spannt sich über das Himmelsgewölbe, auf das unzählige Glitzerplättchen aufgenäht sind, die sich eins ums andere ablösen und in den Tag fallen.

Sara sucht den Stein, auf dem sie das bevorstehende Ereignis abwarten kann. Sie findet den Stein, ihren Stein, auf dem sie schon so oft gesessen hat, der wie geschaffen ist für eine Versenkung. Sie macht sich ganz klein, setzt sich hinein in die bequeme Mulde. Minuten des Verharrens, in denen sie aushärtet zu diesem Stein. Manchmal möchte sie dieser Stein sein, einfach daliegen, sich vom Saum des Meeres umschmeicheln lassen, bis sie in einer fernen Zeit zu dem Sand unter ihren Füßen geworden ist. Manchmal möchte sie aber auch das Meer sein, das mit schaumiger Zunge den Sand abschleckt, mal sanft, mal rau, und gesalzenen Strandschmuck ausspuckt, nach dem die Menschen so begierig greifen.

Wütend ist die See an diesem Tag, brüllt mit Getöse die vorgelagerten Felsen an, fällt über den Sand her, peitscht ihn aus mit tobender Gischt, spielt ein Crescendo auf der Klaviatur der Kieselsteine, reißt einige von ihnen fort, tiefer hinein ins schäumende Gewässer, spuckt sie wieder aus.

Meera saß an ihrer Lieblingsstelle, zwischen Ginsterbüschen und Sanddornhecken, nahe der Abbruchkante. Tiefer und tiefer verneigte sich die Sonne vor der östlichen See, bis sie auf ihr lag, sie kitzelte mit glühendem Zipfel, sie erröten ließ, um schließlich vollständig unter der Wasserdecke zu verschwinden.

Schon bald würde sie wieder auftauchen, jenseits des großen Teiches, über den Rand des Horizonts blinzeln, würde das Wasser zum Glühen bringen und Sara ein warmes Gesicht machen.

Dann war es Zeit zu gehen. Meera stand auf und stapfte die steilen Holzstufen hinunter, auf denen verwehter Sand knirschte, hielt auf der dreiunddreißigsten Stufe an, drehte sich im Kreis, atmete dreimal tief durch, machte eine Art Sonnengruß, ging weiter und befand sich am Fuße des Steilhangs.

Auf dem Horizont lag eine zartrosa Ambosswolke. Und Meera dachte: „Wo mag sie hergekommen sein? Ruht sie sich aus von ihrer weiten Reise?"

Sara und Meera waren sich einander sehr ähnlich. Wer es nicht besser wusste, hätte glauben können, sie seien Schwestern. Abgesehen von kleineren Unterschieden flossen in ihnen die gleichen Ströme, gediehen ähnliche Pflanzen, glichen sich die Tiere und Menschen, die ihren inneren Kontinent besiedelten. Was sie erlebten, erlebten sie gemeinsam, teilten und behüteten es wie einen Schatz. Eine Geste, ein Mienenspiel genügten, und sie verstanden einander. Als es geschah und sie sich trennen mussten, brachen sie ein Versprechen, das sie sich als Kinder gegeben hatten: niemals soweit in den Tag hinauszugehen, dass sie am Abend nicht wieder beisammen sein konnten.

Doch dann kam die Nacht, die alles veränderte, in der die Fensterscheiben des Buchladens barsten und die Blüten des Bösen aufbrachen. Ihr Aasgeruch, der von den meisten Menschen als angenehm empfunden wurde, verbreitete sich überall. Viele, viel zu viele waren es, die ihren Geruchssinn in dieser Zeit verloren hatten. Bis in die kleinsten Ritzen krochen sie, diese unheilvollen Schlingpflanzen, wucherten hinein bis in den Laden von Meeras Eltern, in dem sie ihren Abenteuerspielplatz gefunden hatten, den sie jederzeit durch das Anheben eines Buchdeckels betreten konnten.

Als am übernächsten Morgen die Schelle bimmelte und Joshua mit zwei großen, schwarzen Koffern in der Hand den Laden betrat, da wusste Meera, dass Sara am Abend nicht zurückkehren würde aus diesem Tag. Seit dieser Zeit lebte Sara auf der anderen Seite des großen Wassers, wohin es der Gestank geistiger Verwesung nicht hinüberschaffte, obwohl er selbst dies versuchte. Doch der Sturm der Freiheit blies ihn zurück, verwehte die faulen Ausdünstungen in sämtliche Himmelsrichtungen, bis sie nur noch ein armseliger Windhauch waren.

In ihren ersten Sehnsuchtsbriefen beschlossen sie, sich an bestimmten Tagen im Jahr die Sonne zuzuschicken. Meera schickte sie abends ab, und wenige Stunden später empfing Sara sie auf der anderen Seite. Während dieser Zwischenzeit tauchten beide die Hände in das Wasser, die eine in das westliche, die andere in das östliche, und da alle Wasser miteinander verbunden waren, konnten sie sich ganz nah sein, sich spüren und berühren.

Sara sieht in die Ferne, in der sich Himmel und Ozean nicht voneinander trennen lassen. Erst jetzt bemerkt sie den üblen Geruch, der von dem Seetang kommt, der massenweise an den Küstenstreifen gespült wird. Anders fühlt sich das Meer an diesem Morgen an, kälter, zäher, ist angereichert mit schmierigen Algen. Saras Hand zuckt zurück, sie zögert, ganz hineinzugreifen, tut es schließlich doch, greift in ein rotbraunes Meer, wühlt aufgeregt darin herum, aber Meeras Hand findet sie nicht.

Horst Kayling
Mein erster Roman

Merkwürdig, dieser Mensch. Er weiß fesselnd zu erzählen von seiner Insel, den Quellen, Pflanzen, Katzen, Ziegen, mit denen er vier Jahre alleine war. Auf sich allein gestellt. Einsam, wie man es sich einsamer nicht vorstellen kann. Waren seine Wutanfälle, die ruppigen Antworten auf die Fragen der Zuhörer die Folgen dieser Einsamkeit? Er hielt immer wieder im Redefluss inne, um einen Schluck aus dem Whiskyglas zu nehmen. Das Ende seines Vortrags war stets nicht die Schilderung seiner Rückkehr nach England, sondern seine Volltrunkenheit. Dann raffte er sich auf, „Ladies and Gentlemen, that's the end!", nahm die Whiskyflasche, schwenkte sie zum Abschiedsgruß hoch im Tabaksqualm, dass die nächst sitzenden Zuhörer einige Tropfen mitbekamen, wankte zur Tür und verschwand im Dämmerlicht des Korridors.

Ich hatte mir diesen Alexander Selkirk anders vorgestellt, aufrechter, beherrschter. Aus Allem sprach seine Abscheu vor der Gesellschaft. Er behauptete gar, er wäre freiwillig auf diesem Eiland westlich von Chile geblieben, weil er den mörderischen Alltag an Bord nicht mehr ertrug. Man glaubt es ihm fast, denn die Mannschaft des englischen Freibeuters *Duke*, die ihn 1709 von der Insel *Más a Tierra* aufgelesen hatte und die zur Hälfte an Skorbut litt, traf ihn gesund und munter an. Er lief zwischen den Felsen der Insel schneller als der Schiffshund. Eine weitere Genugtuung für ihn, dass er auf der *Duke* seinen ehemaligen Kapitän wiedersah, zum Navigator degradiert.

In einer Zeitschrift erfuhr ich zum ersten Mal von den Abenteuern dieses Seemanns. Seitdem ließ mich die Idee nicht los, ihn zu treffen und seine Geschichte in einem Buch zu schildern.

Die Droschke rumpelt durch die Dunkelheit Bristols zurück zu meinem Quartier. Ich frage mich, wie diesem groben Kerl beizukommen ist, wie ich ihm Einzelheiten entlocken kann. Ich werde ihm seinen Whisky, die Mahlzeiten und Nachtlager im Gasthaus bezahlen. Sollte er sich weiter sperrig zeigen, sollte er mir nicht sein Tagebuch ausleihen, werde ich mir die Freiheit nehmen, das Geschehen auf der Insel in meinem Werk nach Gutdünken zu ändern. Vier Jahre scheinen mir zu gering. Ein halbes Menschenleben sollte es sein.

Ich werde auch anders beginnen. Den Dauerstreit mit dem Kapitän auf der *Cinque Ports* mit der Folge, dass er auf der menschenleeren Insel abgesetzt wurde, werde ich nicht erwähnen. Ich mache ihn zu einem Schiffbrüchigen, der als einziger der Mannschaft fast ertrunken an den Strand gespült wird. Damit bin ich der Wahrheit nicht allzu fern, denn der Segler sank dann tatsächlich, von Bohrmuscheln zerfressen, und nahm viele mit in den Tod.

Ich habe in groben Zügen mein Buch im Kopf, als ich vor dem Gasthof aus der Kutsche steige. Ob sich die Mühe lohnt? Soll ich es wagen? Nach wenig rentablen Pamphleten, Flugschriften, Zeitungsartikeln wäre es mein erster Roman. Der schwadronierende Seemann ist mir zuwider, aber seine Geschichte, obwohl nun acht Jahre alt, ist unglaublich, und noch nie ist das Erleben eines Menschen auf einem Eiland im Buch beschrieben worden.

Dank einer Öllampe finde ich die hölzernen Treppenstufen, von unzähligen Stiefeln ausgeschliffen, den hölzernen Handlauf, von unzähligen Seemannspranken poliert. Lärm dringt aus der Gaststube, und ein widerlicher Geruch von Bier, heißem Fett und Tabaksqualm.

Da stehe ich allein im fremden Zimmer in kerkerhafter Dunkelheit, in fremden Gerüchen von modrigem Holz und Möbelwachs. Allmählich erkenne ich schemenhaft Stuhl und Tisch und Bett. Ich gehe ans Fenster. Als graue Silhouette steht das Nachbarhaus, schwarzes Mauerwerk, dunkle Dächer, darüber ein Himmel, der kaum einen Deut heller ist. Mir fröstelt. Hier die muffige, düstere Stube, dort das paradiesische Eiland im grenzenlosen Meer unter grenzenlosem Himmelsblau.

Einerseits gefangen auf der Insel, hatte Selkirk doch die größtmögliche Freiheit, hatte nichts zu tun mit riskanten Geldgeschäften, Verträgen, zähen Verhandlungen mit Verlegern, dem aufreibenden Betrieb einer Ziegelei. Ich fühle mich in der Pflicht. Sein Tun beschränkte sich auf das Lebensnotwendige, und das war nicht viel außer Sammeln, Jagen, Essen und Trinken. Vier Jahre Paradies? Hatte dieser einfache Seemann mit seinem märchenhaften Inselleben und einträglichen Kaperfahrten nicht das bessere Los gezogen?

An seinen Abenden in den Londoner Pubs wiederholte er: „Ich habe jetzt achthundert Pfund, aber nie wieder werde ich so glücklich sein wie damals, als ich keinen Viertelpenny besaß."

Ich hole die Schwefelhölzer heraus. Beim Aufflammen der Öllampe verschwindet die dunkle Mauer und mein Spiegelbild erscheint: ein Sechzigjähriger im Rock, mit Stickereien verziert. Üppige Locken fallen auf Brust und Schultern. Es sind nicht meine Locken, nur Zierrat, wie die Stickereien des Rocks, eine Perücke. Maskenhaft, unecht. War nicht Selkirk wahrhaftiger in seinem Wollpullover, selbst volltrunken? Auch das Whiskyglas war kein Zierrat, er hat es gebraucht, es war sein Halt.

Eine Spinne tastet sich auf der Fensterscheibe vor und quert mein Spiegelbild, erst meine Stickereien, dann, weil ich noch in Gedanken dastehe, meine kunstvolle Perücke. Eine Spinne in meiner Perücke, totes Haar, das nur der Zierde dient!

Ich muss lachen bei der Vorstellung, mit geputzten Stiefeln, reichlich besticktem Rock und prächtigem Haarersatz allein am Strand dieser Insel zu sitzen.

Hat mein Lachen jemand gehört? Nein, nur der Lärm der Gaststube dringt als Gemurmel an mein Ohr.

Ich ziehe die Stiefel aus, hänge den Rock in den Schrank, nehme die Perücke vom Kopf, betrachte den lockenhaarigen Putz und werfe ihn auf den nächsten Stuhl.

Aber, so ich dasitze im Unterkleid ohne Stiefel und falsche Haare, so sehr dieser Mann meinen Tugendvorstellungen Hohn spricht, hat er nicht im Gegensatz zu mir den Urbegriff der Freiheit erfahren?

Während ich notiere, fällt mir im Halbdunkel die Perücke ins Auge, vom Stuhl herunter gerutscht. Ich glaube zu träumen, sie bewegt sich am Boden. Von Mal zu Mal ruckt sie um Fingerbreite zur Wand. Die Tinte aus der Feder gestrichen, schaue ich zu, halb belustigt, halb verwundert. Nachdem ich aber einmal für kurze Zeit im Gefängnis war, vermute ich richtig. Dort suchten Ratten und Mäuse nach den Resten der ohnehin kargen Mahlzeiten.

„Halt, freche Ratte, die Perücke ist mein!" Das Tier huscht ins Dunkel des Stubenwinkels. Wäre ich jetzt auf dieser Insel, könnte ich den Nager sein Nest bauen lassen von meinem Kopfputz.

Was bedeutet Eigentum? Ist nicht diese Romanfigur das ideale Medium, diesen Begriff zu hinterfragen und dem Leser nahe zu bringen? Die Insel, die Ziegen, Pflanzen, waren sie sein Eigentum? Warum sollte er darauf bestehen?

Ein Problem jedoch, wie der Einsiedler erkannt werden soll in seiner Beziehung zur Umwelt. Hilfreich wäre ein Partner, der Freiheit und Eigentum deutlicher werden lässt.

Aber wie? Einen zweiten Schiffbrüchigen stranden lassen? Sollte mein Eremit auf seinen Streifzügen jemanden treffen, mit dem er seine Existenz teilt? Richtig, das würde dem Buch Spannung geben.

Die Anmerkungen, die in mein Notizbuch fließen, runden das Bild dieses vierschrötigen Seemanns ab. Mit einem Milchmädchen war er nach London durchgebrannt, aber bald wieder auf See. Ebenso bald wieder an Land, heiratete er in Plymouth eine verwitwete Gastwirtin, und war abermals verschwunden, als er wegen Heiratsschwindels verfolgt wurde.

Das Licht der Öllampe ermüdet. Ich lösche es. Das Bett riecht sauber nach Seife.

Soll ich diesem schlechten Vorbild ein Denkmal setzen? Nein, mein Held heißt nicht Alexander Selkirk!

Die allmählich wärmende Federhöhle beflügelt meine Phantasie. Sie nimmt im dunklen Raum Gestalt an, die mir Hoffnung gibt, mir Erfolg verheißt. Ein Name geht mir seit Tagen durch den Kopf, der für meine zukünftigen Leser die Bedeutung von Abenteuer und Freiheit haben wird, so Gott will, eine Freiheit ohne gesellschaftliche Konventionen, ohne bestickten Rock und ohne Lockenpracht einer Perücke. Ein Name, der nach salziger Seeluft riecht, der mir besonders jetzt in der kühlen, dunklen Kammer, in schwarzer Nacht, inmitten fremder Mauern, blauen Himmel, wärmende Sonne, nickende Palmen verspricht: Robinson Crusoe.

Karin Senn
Die Katze

Sie schaut aus dem Fenster. Es regnet. Es regnet seit Stunden ohne Unterlass, seit das Kind aus dem Haus ist. Sie hat Zeitung gelesen, die Spülmaschine ausgeräumt, die Betten gemacht. Sich an den Computer gesetzt und Mails durchgesehen. Morgen werde ich sie beantworten, hat sie gedacht und ist am Computer sitzen geblieben. Hat wahllos verschiedene Seiten angeklickt, ein neues T-Shirt bestellt. Jetzt schaut sie aus dem Fenster. Auf der gegenüberliegenden Straßenseite sieht sie das Kind kommen. Wie spät es schon wieder ist, denkt sie. Regentropfen, groß wie Murmeln, kullern an der Scheibe herunter. Sie schaut ihnen zu, bis es klingelt.

Zieh die Schuhe aus, du machst ja alles nass, sagt sie. Ich habe am Himmel einen Drachen gesehen, der hat Feuer gespuckt, sagt das Kind. Ja, ja, wasch dir die Hände, ich koch uns was.

Wie war's denn in der Schule, fragt sie und schneidet mit dem Messer ein Stück Kartoffel. Ach, ganz gut, sagt das Kind und stochert in seinem Essen herum. Du isst zu wenig, sagt die Mutter, kein Gemüse, keine Früchte, das Pausenbrot hast du auch nicht aufgegessen, so wirst du nie groß und stark. Sie seufzt und das Kind sieht sie aus seinen blassgrauen Augen kurz an. Seine Wimpern sind lang, so lang wie die eines Mädchens. Sein Haar ist sehr blond. Ich habe goldenes Haar, sagt das Kind, wenn es sich im Spiegel betrachtet und seine Augen werden froh. Du bist ein kleiner Prinz, sagt sie dann, lacht ein wenig und küsst das Kind auf die Nase. Die ist klein und spitz und mit blassbraunen Sommersprossen übersät. Wo er die bloß herhat, denkt sie dann, diese Sommersprossen und diese helle Haut, von mir jedenfalls nicht.

Du isst jetzt die Karotte auf, sonst gibt's heute kein Fernsehen, sagt sie laut. Sie lädt die Karotte auf die Gabel und drückt sie dem Kind in den Mund. Iss, sagt sie, du musst essen, das geht so nicht.

Das Telefon klingelt. Die Mutter schiebt das letzte Stück Karotte auf die Gabel. Das ist vielleicht Papa, sagt das Kind und kaut dabei. Ich möchte ans Telefon. Das ist nicht Papa, er ruft nie um diese Zeit an, sagt sie und zwängt die Gabel zwischen die geschlossenen Lippen des Kindes. Es würgt ein wenig, schluckt endlich. Das Klingeln hat aufgehört.

Geh ins Wohnzimmer und mach deine Hausaufgaben, ich komme gleich, sagt sie. Sie räumt das Geschirr in die Spülmaschine. An einer Gabel klebt ein öliges Salatblatt, sie steckt sie in den Behälter fürs Besteck und denkt, was tue ich hier. Dann schließt sie die Spülmaschine, nimmt das Fläschchen mit den Tropfen aus dem Schrank, träufelt fünf auf die Zunge, lässt sie zergehen. Dann geht sie ins Wohnzimmer.

Was hast du auf, fragt sie und setzt sich neben das Kind. Lesen. Dann beginn mal, sagt die Mutter. Ich hasse lesen, sagt das Kind. Das ist aber ein schöner Text über eine Katze, sagt die Mutter, sieh doch das Bild.

Die Katze hat ein schwarzes, glänzendes Fell, weiße Pfoten und gelbe Augen, das ist ein schönes Bild.

Sie schnurrt, sagt das Kind, hörst du es? Ich möchte auch gerne eine Katze haben. Du hast Katzenhaarallergie, sagt die Mutter, das geht nicht, du weißt doch, was die Ärztin gesagt hat, lies jetzt. Ich würde sie nicht so oft streicheln, sagt das Kind. Die Haare sind überall, sagt die Mutter, lies nun endlich. Das Kind liest. Stokkend und langsam.

Paul liest stockend und langsam, Paul muss mehr üben, steht im Zeugnis, das das Kind vor den Sommerferien nach Hause gebracht hat. Die Mutter übt mit ihm jeden Abend, manchmal auch der Vater, wenn er nicht auf Geschäftsreise ist. Papa hat mehr Geduld, sagt das Kind, und dann ist Lesen gar nicht so doof.

Fell, nicht *Pell*, sagt die Mutter, was liest du denn da. Nochmals von vorne. Das Kind beginnt von neuem, stolpert über ein R, dann über ein Tz. Das heißt Katze, sagt die Mutter. Wo ist dein Finger, du sollst mit dem Finger nachfahren, du hast eine Zeile übersprungen. Leg deinen Bleistift hin und fahr mit dem Finger die Zeile nach.

Das Kind legt den Bleistift hin, er rollt auf den Boden. Das Kind will sich danach bücken. Lass das, herrscht die Mutter es an. Das Kind schaut sie kurz an und dann gleich wieder weg. Beginnt, auf dem Stuhl herumzurutschen. Liest. Die Mutter schaut in den Garten hinaus. Der Regen hat nachgelassen, der Rasen ist übersät mit bunten Blättern. Das Kind kann sie zu einem Haufen zusammenkehren, denkt sie. Für den Igel.

Sie streichelt ihre Kaz-te, liest das Kind. Katze, sagt die Mutter ungehalten, Herrgott, kapierst du nicht, dass hier Katze steht. Da, sie deutet mit dem Finger auf das Wort, K-A-T-Z-E, ist das so schwierig, nochmals von vorne, los. Das Kind liest.

Nimm endlich den Finger und fahr die Zeile nach, wie oft muss ich dir das noch sagen. Das Kind schaut sie aus weit geöffneten blassgrauen Augen an, dann nimmt es die Hand unter dem Tisch hervor und legt einen Finger auf den Text.

Nicht dort, sagt sie, packt den Finger und drückt ihn unter das Wort Katze. Das Kind zuckt zusammen.

Lies, sagt sie, aber diesmal richtig. Ihre Stimme ist laut. *Sie streichelt ihre Katze liegt im Körbchen*, liest das Kind. Punkt nach Katze, Pause nach Katze, Zeile nicht überspringen, weiter, sagt die Mutter und ihre Stimme ist schneidend.

Sie streichelt ihre Katze liegt im Körbchen, liest das Kind.

Die Mutter schlägt das Kind mit dem Handrücken schnell und heftig ins Gesicht. Punkt und Pause nach Katze, siehst du nicht, dass hier ein Punkt steht, schreit sie und schüttelt das Kind an den dünnen Schultern. *Sie streichelt ihre Katze*, Punkt! Ende der Zeile, Stimme senken, Pause machen, unglaublich, du kommst nie in die dritte Klasse, sie schreit noch immer.

Das Kind greift sich an die Wange und legt die Hand auf die gerötete Stelle. Ja, ja, presst es hervor, jetzt bin ich ganz durcheinander. Eine Träne, groß wie eine Murmel, kullert über seine Wange, tropft auf den buschigen Schwanz der Katze.

Die Mutter sagt einen Moment lang nichts.

Lies nochmals, sagt sie dann. Nimm den Finger und versuch es nochmals. Sie spricht langsam, freundlich fast. *Sie streichelt ihre Katze*, liest das Kind, senkt die Stimme, macht eine Pause. Gut so, sagt die Mutter.

Au, macht Milo, liest das Kind.

Was liest du denn da schon wieder? Da steht *Miau macht Milo*. Die Mutter rückt ein wenig mit dem Stuhl, das Kind schaut sie rasch an. Es sind nur noch drei Zeilen, wenn du dich jetzt zusammennimmst, bist du in fünf Minuten fertig. Das Kind nimmt den Finger, liest, fährt die Zeile nach, liest den Text zu Ende. Siehst du, es geht doch, wenn du nur willst, sagt die Mutter. Ich möchte auch gerne eine Katze haben, sagt das Kind.

Dann springt es auf, das Buch fällt zu Boden. Das Kind öffnet die Balkontür, rennt in den Garten hinaus und ruft, komm, lass uns spielen, der Regen hat aufgehört! Komm, komm! Sein Mund ist rund wie ein Fußball. Ich komme, sagt die Mutter. Die Sonne kommt hervor. Das Kind steht im Garten, sein Haar leuchtet. Wie blond es ist, denkt sie und bleibt sitzen.

Stefan Valentin Müller
Amerika

Er ist so warm, der Schnee. Nur kurz verschnaufen. Gleich gehe ich weiter. Keine Angst, Johannes, ich bringe dich nach Hause.

Töte mich, Alois! sagte Johannes. Ich habe es noch im Ohr.

Meine Augen sind geschlossen, doch es ist so hell um mich herum und da sehe ich den Bruder vor mir, den Wurzelteller, den eingeklemmten Arm, sehe das Blut im Schnee.

Lass' mich so nicht zurück, die Wölfe, sagte mein Bruder Johannes.

Ich wusste über die Wölfe Bescheid, wusste, was sie mit Wehrlosen anstellten. Ich hatte Köhler gesehen. Die Wölfe hatten zuerst die warmen Därme und Organe gefressen, sie fraßen immer zuerst das Innerste. Bauch- und Brusthöhle waren wie ausgeleckt, so sauber. Gesicht und Schenkel hatten sie nur leicht angenagt. Ich kannte die Wölfe, die mit dem Schnee von den Bergen kamen. Köhlers Rippen sahen aus wie zersplittertes Holz.

Amerika!

Mein Freund Tobias war außer sich gewesen. Sie geben dir Land in der Neuen Welt, viel Land! sagte Tobias. Dazu zwei Ochsen, einen Karren und Werkzeug, gutes englisches Werkzeug! Zwei vom Nachbardorf sind gestern aufgebrochen – nach Amerika! sagte Tobias.

Und du, hatte ich gefragt, warum gehst du nicht?

Meine Augen, hatte Tobias gesagt, die weißen Stellen werden größer. Hier finde ich mich zurecht. Aber du bist gesund. Du hast einen Bruder, er führt den Hof. Du kannst gehen! Das hatte Tobias gesagt.

Geht in das Holz, hatte der Vater gesagt, der Mond nimmt ab, jetzt könnt ihr schlagen.

Dann saßen wir schweigend, aßen die dicke Suppe.

Amerika, dachte ich, sie geben dir zwei Ochsen, den Karren und Werkzeug dazu. Wenn der Winter vorüber ist, werde ich gehen! Sie sollen hier bleiben in ihren modrigen Hütten, in ihren feuchten Betten und zusehen wie das Dach verfault. Johannes soll den Hof machen.

Mutter hatte mich kurz angesehen, ich habe es bemerkt, fast ängstlich, als hätte sie meine Gedanken erraten. Aber sie kann nicht in meinen Kopf sehen. Sie tut mir leid, wird immer krummer, aber meine Gedanken kann sie nicht lesen! Hör auf, Alois, sinnlos! sagte Johannes zu mir.

Ich versuchte mit einer Fichtenstange die Last von Johannes' Arm zu hebeln. Wir hatten im Windwurf einen umgestürzten Stamm nahe der Wurzel zersägt, dabei hatte der Wurzelteller Johannes erwischt und seinen linken Arm unter sich zerquetscht. Stützt die Wurzelteller ab, hatte Vater immer gesagt. Doch wir wussten es besser. Jetzt hatten wir's! Wärst du doch mitgekommen, Vater! Aber du musstest immer am Fenster stehen und in den Schnee schauen. Oder deine dicke Suppe löffeln. Weizenfelder, so weit du blicken kannst, hatte

Tobias gesagt, fruchtbare, steinlose Erde, dachte ich, als wir in's Holz gingen. Kurze Winter, und ein langes Frühjahr. Keine Wölfe – hatte Tobias gesagt. Keine Wölfe!

Höre Alois! Johannes hatte mir den Weg verstellt, als wir in's Holz gingen. Ich gehe nach Amerika. Du machst den Hof. Das sagte er zu mir. Ich schwieg. Auch er wollte nach Amerika!

Ich schwieg.

Mein Bruder packte meinen Arm, hörst du? Ich gehe nach der Neuen Welt, bald!

Er schrie. Er, der sonst nie schrie.

Ich riss ihn um, da hätte ich ihn umgebracht. Aber Johannes ist stark. Wir wälzten uns stumm, ächzend im Schnee.

Ich gehe, Johannes, ich gehe nach Amerika! Mein Bruder wand sich aus meinem Arm, ich hätte ihn umgebracht. Er drückte mein Gesicht in den Schnee, du willst nach Amerika? sagte er.

Dann hielt er inne, lachte, lachte über den Schnee hinweg. Beide können wir nicht gehen. Lass' Vater entscheiden. Das sagte Johannes.

So setzten wir unseren Weg fort in's Holz.

Magda, ich wäre mit dir gegangen. Warum konntest du dich nicht entscheiden. Köhler! Er stand vor mir im Wald, letzten Winter. Mit der Axt in der Hand. Er wollte die Entscheidung. Er war stark und er hatte eine Axt in der Hand. Und er wollte dich, Magda. Doch ich war flinker und hatte den Stein. Wie das Beil auf gefrorenem Holz, so klang der Stein auf seiner Stirn. Und ich schlug immer wieder zu, Magda, er hatte doch eine Axt! Ich schlug, bis die Haut vom Kopf platzte und der

Knochen freilag. Der Schnee, voller Blut. Als ich ging, lebte Köhler noch. Tags darauf fanden wir ihn, Magda, die Wölfe hatten ihn zuvor gefunden. Er lebte noch, als ich ging. Mich trifft keine Schuld. Ich musste kämpfen, doch getötet haben ihn die Wölfe.

Die Suppe wärmt nicht mehr. Ich werde gehen und ihr könnt eure Rübensuppe ohne mich essen. Diese dicke Suppe, die die Därme zernagt. Ich kann nicht mehr an diesem Tisch mit euch sitzen, wo das Schweigen meine Seele auffrisst. Amerika! Wenn du nur mit mir gehen wolltest, Magda. Weshalb bist du weggelaufen, als wir Köhler fanden, nachdem ihn die Wölfe fanden? Ist es wahr, dass du ein Kind in dir trägst?

Ist es wahr, Magda? Ist es mein Kind? Oder ist Köhler der Vater?

Hört ihr, ihr Rübensuppenfresser? Hört ihr die Wölfe heulen? Sie wollen mich holen! Doch ich gehe nach Amerika, wo es keine Wölfe gibt.

Ich bekomme zwei Ochsen und Werkzeug. Englisches Werkzeug! Töte mich, sagt Johannes, lass' mich nicht den Wölfen!

In Amerika gibt es keine Wölfe. In Amerika sind die Winter kurz und mild. Ich lass' dich nicht den Wölfen, mein Bruder!

Er schreit, als ich das Fleisch bis zum Knochen durchtrenne.

Hör' auf zu schreien, Johannes, die Wölfe hören dich!

Ich schneide den Arm bis zum Knochen, rundherum. Der Schnee ist voller Blut. Es fließt wie ein Bach im Frühling, das Blut.

Johannes schreit nicht mehr. Er ist still.

Alles ist so still im Wald. Kommen die Wölfe?

Ich drücke die Messerspitze in das Gelenk. Die Haut direkt um das Gelenk ist zäh. Soviel Blut. Blut im Schnee. Beim Schneiden drücke ich Johannes weg von seinem Arm. Er ist schwer. Da ist der Gelenkkopf, ganz weiß in all dem Blut. Er glänzt fast blau. Eine weißblaue, glänzende Kugel, der Gelenkkopf. Noch ein Band hält ihn an der Schulter und – durch. Der Arm ist für euch. Ihr könnt ihn euch ausgraben, ihr Bestien.

Tobias' Augen wurden ständig schlechter. Die weißen Flecken werden immer mehr, hatte er gesagt. Alois, du bist mein Freund, hatte er gesagt, ich habe wieder geträumt, Alois, von Sperlingen im Dorf und ihrem warmen Kot in meinen Augen, du musst fort, ein Unglück kommt in's Dorf, bald, hatte Tobias gesagt. Wenn ich erst im Bauch des Schiffes sitze, kann das Unglück kommen in dieses verfluchte Dorf. Hier hält mich nichts mehr, seit Magda weg ist. Warum willst du nicht mitkommen, Magda? In der Neuen Welt ist viel Platz und es gibt keine Wölfe.

Sie heulen hinter uns im Wald. Ich trage Johannes. Seinen Körper halte ich über meine Schulter gezogen an seinem Arm. Der andere liegt im Wald unter einem Wurzelstock. Für die Wölfe.

Ich muss ausruhen. Hinter uns eine rote Spur im Schnee, so werden sie uns leicht finden. Sie riechen das Blut. Komm, Johannes, mach' dich nicht so schwer. Blute nicht so viel. Hörst du nicht die Wölfe heulen?

Es fängt an zu schneien. Mit dem Schnee kommt die Dunkelheit früher, hörst du, Bruder?

Das ist nicht gut, wenn die Dunkelheit früher kommt, dann kommen die Wölfe!

Vater steht sicher am Fenster, er schaut in den Schnee, siehst du den roten Schnee, Vater?

Mutter sagt Maria-hilf und wird noch ein bisschen krummer, hörst du die Wölfe heulen, Mutter?

Es wird dunkel, es schneit stärker, das ist nicht gut, Johannes, du wirst immer schwerer, ich kann nicht mehr rasten. Die Wölfe.

Meine Hose ist ganz warm von deinem Blut, mein Bruder, sie klebt an meinem Bein. Die Wölfe heulen.

Halt aus, Johannes, wir sind bald im Dorf. Keine Angst, du wirst auch mit einem Arm den Hof führen können. Nach Amerika lassen sie nur gesunde Männer! Da steht Einer! Köhler! Du bist tot! Was stehst du hier im Schnee? Was willst du? Die Wölfe haben dich zerrissen!

Ein Busch! Nur ein Busch! Und ich dachte, da steht Köhler im Schnee und wartet auf mich!

Vorsicht! Ich bin gestürzt, Johannes, nur kurz verschnaufen, gleich gehe ich weiter, der Schnee ist so warm, ich habe die Augen geschlossen, doch es ist so hell um mich herum, und warm, gleich, Johannes, gehen wir weiter, so warm, so muss Amerika sein, bald bin ich dort.

Wischt Mutter mein Gesicht? Eine Zunge ist es, eine Zunge leckt mein Gesicht. Ich blicke in zwei gelbe Augen. Bist du Amerika?

Gerhard Roth
Der heilige Urban

„Der passt nicht in unser Dorf. Der geht hier vor die Hunde", sagte mein Onkel.

„Ein feiner Mann und so fromm", freute sich meine Mutter.

Der Rest unserer Großfamilie schwieg. Sie starrten auf die abgeräumte Tischplatte, als suchten sie dort unseren alten Pfarrer. Der hatte oft mit uns an diesem Tisch gesessen. Aber das war lange her, noch vor dem Krieg. Seit dieser Zeit gab es keine Hochzeiten und Taufen mehr bei uns. Der Geruch von Rinderbraten und Rotkohl hatte sich im ganzen Raum ausgebreitet und drang in jede Ritze. Wir hatten eine Kuh geschlachtet in der Scheune, aber das durfte niemand wissen. Das war verboten, wegen der Tuberkulose oder so.

Alle im Dorf nannten unseren alten Pfarrer nur Vinzenz, auch wir Kinder. Wir mochten ihn. Obwohl er mir einmal den Hintern versohlt hatte. Damals im Winter, als hoher Schnee lag. Ich hatte seine Bienenvölker im Pfarrgarten umgeworfen. Seine Bienen waren ihm heilig. Fast so heilig wie das Allerheiligste, das er täglich aus dem Tabernakel holte.

Unser neuer Pfarrer war anders. Schlank und groß, mit einer goldenen randlosen Brille, weißen, gewellten Haaren, so gleichmäßig wie mit einer Lockenschere gebrannt. Seine gepflegten Hände mit den langen schmalen Fingern waren mir als Messdiener gleich aufgefallen. Wenn ich da an die Pranken von Pfarrer Vinzenz dachte.

„So einen wie den Vinzenz kriegen wir nie mehr", sagte mein Onkel und alle am Tisch nickten. Einer meiner Verwandten fragte mich.

„Wie heißt er denn überhaupt, der Neue?"

„Pfarrer Fürchtegott", erklärte ich stolz.

„Ein schöner Name", sagte meine Mutter, „und so passend."

„Danke Gott, dass du nicht so heißt", flüsterte Opa mir zu und stand auf. Das war das Zeichen für uns Kinder. Jetzt durften wir auf den Fußballplatz.

„Passt auf eure Schuhe auf", rief uns die Mutter nach.

Unser Torwart, der dicke Gustel reimte:

„Wer fürchtet sich vorm Fürchtegott. Wir nicht, wenn er aber kommt..."

Er erwartete von uns, dass wir in den Schlussrefrain mit einstimmten. Wir fanden das aber nicht so witzig. Pfarrer Fürchtegott hatte unser Dorf in kürzester Zeit umgekrempelt. Er hatte es zumindest versucht. Zuerst legte er sich mit den Kriegsveteranen an. Er ließ die Gedenktafeln an die Soldaten der beiden letzten Kriege aus der Kirche entfernen. Kriegsverherrlichung nannte er die Erinnerung an „Unsere Helden". Einige im Dorf begrüßten das. Auch mein Vater. Er war lange in russischer Gefangenschaft gewesen. Hatte aber nie ein Wort vom Krieg erzählt. Er ging nicht mehr in die Kirche, in keinen Verein und erst recht nicht in eine Partei.

„Nicht einmal den Posten eines dritten Kassierers in einem Hasenzuchtverein übernehme ich mehr", war seine stoische Antwort. Ich glaube, mein Vater und Pfarrer Fürchtegott hätten sich viel zu sagen gehabt.

Wir durften zum ersten Mal nach dem Krieg wieder wählen. Ich nicht, ich war noch zu jung. Mein Onkel und mein Vater stritten sich heftig. Mein Vater knallte sein Glas auf den Tisch: „Du hast es schon immer verstanden, deine Fahne nach dem Wind zu drehen."

An der Front war mein Onkel nie. Er marschierte bei Umzügen mit seiner Uniform durch das Dorf. Vor der Wahl verlas Pfarrer Fürchtegott einen Hirtenbrief von der Kanzel. Die Wähler wurden aufgefordert, als Christen eine christliche Partei zu wählen. Auf der rechten Seite im Kirchenschiff wurde es unruhig. Die Männer steckten die Köpfe zusammen und flüsterten. „Das hätte der Vinzenz nicht vorgelesen." Einige standen auf und verließen die Kirche. Sie trafen sich nebenan in der „Krone".

Der Maurerhannes, ein Kommunist, der einige Wochen eingesperrt war, ermunterte die Männer. „Lasst euch das nicht gefallen, wir haben für freie Wahlen gekämpft."

Die Männer schwiegen. Sie wollten keine politischen Reden mehr hören. Hier nicht und in der Kirche nicht.

Beim Zwölfuhrläuten tranken die Männer ihr Bier leer und gingen nach Hause. „Mahlzeit".

Auch zu Hause gab es zwei politische Lager, vielleicht sogar drei. In unserm Dorf jedenfalls hatte die SPD gewonnen. Adenauer wurde der erste Bundeskanzler. Einige Wochen nach der Wahl predigte der Pfarrer über die Laster der Sucht.

„Wehe denen, die am Morgen schon hinter Bier und Wein her sind," zitierte er aus Jesaia. Das war übertrieben. Die Männer wussten, was der Pfarrer damit bezwecken wollte. Dabei war der Vinzenz öfter mit ihnen beim Frühschoppen gewesen.

Mein Bruder und ich hatten beim Holzsammeln Eisenplatten im Wald gefunden und Vater hatte daraus eine Pfanne geschmiedet. „Die geht nie kaputt, die hält ewig", sagte er. „Die ist aus Panzerstahl." Er hatte jetzt auch Arbeit. Bei der Firma Koloseus in der Stadt, einer Herdfabrik. Ein Musikverein gründete sich. Mein Vater trat nicht ein, obwohl er Trompete spielte. Wie gesagt, er ging ja in keinen Verein mehr. Im Dorf wurde nun viel gebaut. Mit Sandsteinen von der alten Steinmühle. Da waren die Amis mit einem Panzer reingefahren.

Und dann kam die Fußballweltmeisterschaft. Deutschland durfte wieder teilnehmen. Wir erreichten überraschend das Endspiel und rückten bei der Übertragung vorm Radio enger zusammen und hörten gespannt zu. „Rahn müsste schießen, Rahn schießt, Tooor, Tooor, Tooor. Deutschland ist Weltmeister." Nach dem Spiel rannten wir auf die Straße. Da waren schon die anderen. Wir spielten die Tore nach. Gustel war der Toni Turek. Ich hätte gerne den Rahn gespielt. Aber mein Bruder war mir zuvor gekommen. Immer mehr Leute trafen auf dem Kirchplatz ein. Ich schaute dann in die Kirche. Da saß unser Pfarrer. Am Seitenaltar, vor dem Ewigen Licht, tief versunken in seinem Brevier. Ich schloss leise die Kirchentüre von außen.

Er fand weiterhin keinen Kontakt zu der Ortsbevölkerung. Nur noch ein paar alte Frauen kamen in die

Kirche. Bald werde ich mit dem Pfarrer alleine sein, dachte ich. Wir begannen den Gottesdienst wie immer: „Ad deum, qui laetificat...."

Irgendetwas hatte unsern Pfarrer verändert. Er verschluckte immer häufiger die Genitive der lateinischen Wörter und bei der Gabenbereitung zitterten seine langen Finger auffällig stark, wenn ich Wasser und Wein darüber goss.

Eines Sonntags trug er mir auf, den heiligen Urban aus dem Keller zu holen. „Aber dem fehlt doch die rechte Hand."

„Tu, was ich dir sag", entgegnete er.

„Was hat er nur mit dem heiligen Urban vor", überlegte ich.

Sankt Urban ist der Schutzpatron der Trinker. Pfarrer Vinzenz hatte damals gesagt: „Den müssen wir nicht reparieren lassen. Den brauchen wir nicht mehr." Er wollte keinen Ablasshandel in seiner Gemeinde. Der Keller lag unter der Sakristei und diente als Lager für Kerzen und sonstiges Kirchengerät. Es roch modrig in dem fensterlosen Raum. Auch der Messwein war hier kistenweise gestapelt. In der obersten Kiste lag eine halbvolle Flasche. Merkwürdig, hatte der heilige Urban Durst gehabt?

Am Montag fuhr der Pfarrer mit dem Zug nach Würzburg. Er wollte sich dort mit einem Studienkollegen treffen, einem Restaurator. Wenn er in Würzburg ist, wird er bestimmt auch den Bischof aufsuchen, dachte ich bei mir. Zuerst war es nur ein Gerücht, das durch den Ort ging.

Der Pfarrer hatte abseits von anderen Leuten gestanden. Noch bevor der Zug in den Bahnhof eingefahren war, stürzte er auf die Gleise und wurde überrollt. Mein Onkel, der nun einen Posten in der Gemeindeverwaltung hatte, bestätigte: „Ich hatte es euch ja gleich gesagt, der geht hier vor die Hunde." Nach einer Pause fügte er hinzu: „Der Pfarrer hatte einige Flaschen Wein gekippt. Der wollte sich umbringen."

Meine Mutter weinte. „Wir tragen alle eine Mitschuld," Sie blickte mich an. „Kind, warum hast du uns denn nichts gesagt."

Christian Schmidt
Unbewaffnete Tiere

Tote Augen.

Ich blicke in tote Augen.

Direkt hinein.

Aufgerissen, ins Nichts blickend. Weiß, ohne Leben.

Acht tote Augen.

Es handelt sich um die Augen von vier Tieren. Ein Wildschwein und drei Rehe. Sie liegen seitlings auf der Lichtung, alle viere von sich gestreckt.

Unter ihnen das warme Gras und ein paar abgefallene Blätter der herumstehenden Bäume.

Dieser Untergrund befindet sich auch unter mir. Nur lebe ich noch.

Ich liege im Unterholz, einige Meter von den toten Tieren entfernt. Mein Blick wandert von links nach rechts. Das Schwein und die drei Rehe. Ich sehe sie ganz genau. Mit dem Kreuz kann ich sie abtasten. Die tödlichen Kugeln haben jedes Leben aus ihnen genommen. Sie atmen nicht mehr.

Ihre Körper gehen nicht mehr auf und ab, sie werden sich abkühlen. In meinem Körper wird es stattdessen immer heißer. Je länger ich die Tiere dort liegen sehe, desto schlimmer wird es. Der Schweiß meiner Hand mischt sich mit der Kühle des Metalls.

Ich peile höher.

Um die toten Tiere herum stehen sie, die Helden der Natur. In ihren grünen und braunen und grün-braunen Wollpullis und in ihren polierten Gummistiefeln. Sie freuen sich diebisch über ihre Treffsicherheit. Ihnen ging es nicht um das Überleben ihrer Spezies, nicht darum, am Abend etwas zu essen zu haben. Sie wollten sich nur profilieren. Später werden sie den Tieren den Kopf abschlagen, ihn ausstopfen lassen und sich dann über der Couch im spießigen Wohnzimmer hinhängen. Beim nächsten Besuch werden sie von ihrer wagemutigen Heldentat berichten können. Wie sie unbewaffnete Tiere abgeschossen haben. Aus Jux und Knallerei.

Ihre Gewehr haben sie zu ihren Autos gebracht. Jetzt sind auch sie unbewaffnet. Sie begutachten ihren Fang. Wehrlose Lebewesen, die sie aus dem Hinterhalt abgeknallt haben.

Ich kann durch das Visier ihre Visagen genau sehen. Ein Hobby-Cowboy mit billigem Hut erzählt wild gestikulierend, wie er „sein" Reh geschossen hat. Eine junge Frau klebt an seinen Lippen. So einen Mann hätte sie auch gerne. Wenn dieser Mann schon so geschickt mit der Waffe umgehen kann, was kann er wohl sonst noch?

Ihr Schatz, dem langsam die Haare ausgehen, hat nichts getroffen. Er hat sich abgewandt und blickt zu seinem Jagdhund, der am nächstbesten Baum schnuppert. Gleich wird er sein Revier markieren.

Ich lasse mein Fadenkreuz weiter schweifen. Ein Rentner mit streng gescheitelten grauen Haaren zieht an seiner Zigarette. Rauchen soll schlank machen, wird er gehört haben. Bislang hat es bei ihm nichts genutzt. Er lässt die Kippe ebenso wie seinen Blick sinken. Er will heim. Das erfolglose Warten auf den Todesschuss hat ihn hungrig gemacht. Seine Frau wird ihm gleich einen Teller Stullen schmieren und ihm sein Bier bringen. Sie steht neben ihm, deutlich schmaler als ihr Mann.

Mein Blick erreicht einen blonden Knaben mit Trillerpfeife. Viele von ihnen tragen eine. Ich kann sie ganz genau sehen. Sie pendeln auf Brusthöhe. Der Blonde erinnert mich an einen der Kandidaten aus der RTL-Soap „Bauer sucht Frau". Hieß er Hauke? Uninteressant. Denn hier hat er keine Frau gesucht. Hier hat er sein Ziel gesucht. Und im Gegensatz zur TV-Show hat er sein Ziel erreicht. Vier Tiere haben nicht überlebt.

Stolz stehen die Hobby-Jäger da, strecken ihre Bäuche heraus. Einer begeisterter als der andere. Ihr Lachen prangt wie eingemeißelt in ihren Visagen.

Ich sehe einen Hänfling mit Schnauzbart und Kassengestellbrille durchs Visier. Er wird seiner nicht vorhandenen Freundin heute Abend erzählen, wie er die Wildsau geschossen hat. Den Fang des Tages. Vermutlich bekommt er nicht einmal das Gewehr hoch.

Ich halte meines fest und visiere ihn genau an. Er soll der erste sein, schießt es mir durch den Kopf.

Ich drücke den Abzug.

Horst Kayling
Der Hüpfer

Mit 21 Jahren hatte ich als Segelflieger meinen B-Schein, durfte also allein fliegen. Wie ich nun in meinem Flugbuch sehe, war ich aber erst ein halbes Dutzend Mal allein geflogen mit Windenstart, wobei der Segler mit Motorwinde und Drahtseil auf etwa dreihundert Meter gezogen wird. In dieser Höhe findet man nur mit viel Glück Aufwinde, deshalb war ich immer nach etwa fünf Minuten wieder am Boden.

Unser Verein flog in Radevormwald, einem Ort im Bergischen Land. Das Wetter war gut, windstill. Ich durfte mit unserem Doppelraab an den Start, einem robusten, stebigen Gerät, das die Segelflieger heute nach einem halben Jahrhundert nur noch belächeln. Man sagte im Spaß, dass es mehr sinkt als fliegt, und es dürfte wohl nur noch in Museen zu finden sein.

Ich erreichte nach dem Windenstart wieder knapp dreihundert Meter, klinkte das Seil aus und begann meine Route. Ich genoss das ruhige Wetter, das gleichmäßige Rauschen der Tragflächen, das langsam unter mir vorbeiziehende Bergische Land, das Schachbrett der Wiesen und Wälder, die vereinzelten Gehöfte. Wer weiß, ob mir heute ein weiterer Flug erlaubt würde, also dehnte ich, jung und unbekümmert, die Parallelstrecke zum Flugfeld weit aus.

Beim Ansteuern des Flugplatzes, dem Landeanflug, zog ich die Landeklappen, die das Sinken beschleunigen, fuhr sie aber schnell wieder ein. Der Landeplatz war doch ungewohnt weit entfernt! Gut getan, denn je näher ich kam, umso besser konnte ich abschätzen, dass meine Höhenreserve verdammt knapp wurde.

Vor dem Flugfeld verlief eine Straße mit vielen Zuschauern, die an ihren Autos stehend meinen Flug beobachteten. Beiderseits der Straße ein Stacheldrahtzaun.

Als ich dieser Straße näher kam, erkannte ich mit Schrecken, dass ich in den Stacheldraht und die Autos donnern würde, flöge ich so weiter. Was tun?

Ansonsten ruhiger Natur, wurde ich nervös. Waren es meine letzten Augenblicke? Die Katastrophe vor Augen zog ich die Schultern hoch und den Kopf ein, knetete den Knüppel verzweifelt mit beiden Händen – und schob ihn ordentlich nach vorn. Der Doppelraab beschleunigte aus seinen geruhsamen achtzig Stundenkilometern, das Rauschen der Tragflächen wurde zum Singen. War es mein Requiem? Die abgesenkte Nase des Fliegers schoss nun tatsächlich geradewegs auf Zäune, Autos und Schaulustige zu. Sie sprangen hinter die Autos in Deckung, flüchteten hinein, hätten aber keine Sekunde mehr gehabt zum Wegfahren.

Kurz vor dem großen Knall zog ich den Knüppel wieder her. Meine Maschine machte dank des Schwungs, den ich ihr gegönnt hatte, einen eleganten Hüpfer über Zäune und Autos und setzte schließlich ohne den geringsten Schaden am Anfang des Flugfeldes auf.

„Seht her!" dachte ich noch, mich selbst von der überstandenen Gefahr ablenkend, „ich habe euch den

Flieger bequem an den Start gesetzt." In Erwartung einer deftigen Strafe blieb ich aber unter dem Glasdach sitzen. Wie würde sie ausfallen? Flugverbot für den Rest des Tages, für die nächsten Flugtage? Mein Fluglehrer kam, klopfte mit ernster Miene an die Haube. Es war ihm nachzufühlen: Sollte er mich ob meines Leichtsinns tadeln oder loben wegen des rettenden Hüpfers?

Die Strafe war milde und pädagogisch geschickt: „Du kannst gleich sitzen bleiben für die nächste Runde, aber ..." er hob drohend den Finger, „...diesmal ohne Zirkusnummer!"

Christine Mai
Ganz bestimmt

An diesem Morgen beschloss er, sich zu ändern.

Es war keine bewusste Entscheidung. Kein guter Vorsatz, den man am 31.12. um Mitternacht trifft. Nein, er schlug die Augen auf und fühlte sich einfach nur gut. Er hatte ausgeschlafen, der Kopf war klar, die Hände zitterten nicht, und er wusste, dass er gut aussah, so wie vor zwanzig Jahren, als ihn noch das Gefühl beherrscht hatte, dass er im Leben alles erreichen konnte.

Davon war schon lange nichts mehr da. Seine Ehe konnte er mit viel gutem Willen als platonische Zweckgemeinschaft bezeichnen. Seine Frau hatte sich von ihm entfremdet. Er wusste nicht mal mehr, wann er das letzte Mal mit ihr geschlafen hatte. Überhaupt erinnern. Immer vergaß er etwas. Kleinigkeiten. Die Hosen aus der Reinigung mitzubringen. Die Schulaufführung seiner Tochter. Den Hochzeitstag. Die Abstimmarbeiten für den Jahresabschluss.

Mehr als alles andere fürchtete er die spitze Zunge seiner Kollegin. Ständig wurde er ermahnt, erinnert, angemault, angegriffen. Dabei tat er es doch nicht mit Absicht! Und selbst sein Chef war früher nicht so streng gewesen. Er verstand nicht, was plötzlich mit ihm los war.

Sahen sie denn nicht, wie schwer es ihm fiel, sich zu konzentrieren? Sie kannten ihn doch lange genug. Bestimmt wussten oder ahnten sie, warum er manchmal nicht so fit war. Für die Probleme der anderen hatten sie schließlich auch Verständnis.

Mühsam setzte er sich auf. Seine Hände begannen zu zittern, so wie immer. Das ließ in der Regel nach dem ersten Wodka nach.

Was soll's, dachte er

Er konnte sein Leben auch morgen noch ändern.

Gerhard Roth
Beim ersten Hahnenschrei

„Kurfürst 11/5 übernehmen sie die Benachrichtigung im Aussiedlerhof." „Was ist mit Pater Brown?" „Der hat Urlaub." Jetzt haben wir den Salat, kurz vor Schichtende. „Wir könnten aus dem Kloster einen Kapuziner holen," meint mein Kollege. „Jetzt um 2.30 Uhr. Da ist nur der Pförtner da und der darf nicht weg. Wenn du mir schon die Verantwortung zuschiebst, dann schau wenigstens so wie Pater Brown," knurre ich missmutig. „Diesen unterwürfigen Dackelblick habe ich nicht drauf," kontert mein Kollege. Der Tote hatte uns in letzter Zeit in Atem gehalten: Schlägereien, Alkohol, Drogen... Ich kenne die Familienverhältnisse in dem Aussiedlerhof: einziger Sohn, arbeitsame Eltern, seit Menschengedenken Streit mit dem Nachbarhof. Und ausgerechnet in die Tochter seines Nachbarn hatte sich der Sohn verliebt. Eine Ausländerin als Schwiegertochter hätte er ihm vermutlich noch verziehen. Dieses Problem hat sich nun erledigt. Soll ich ihm sagen, dass die Steffi auf dem Beifahrersitz saß und unverletzt ist? Der Hannes ist nicht nur stur, sondern kann auch richtig brutal werden. Nein, anlügen darf ich ihn nicht. Wenn er danach fragt, werde ich es ihm sagen. Dann „eskaliert die Gewalt, Eskalation vermeiden, ist unsere vornehmste Pflicht." Wie denn, ihr Klugscheißer von der Polizeischule?

„Hier Kurfürst 11/5, Standort Aussiedlerhof 1, wir melden uns ab." „Viel Glück, Ende", tönt es aus der Einsatzzentrale. Ich glaube, die meinen es sogar ehrlich. Ich klingele beherzt, nur keine Schwäche zeigen. „Dürfen wir reinkommen, Hannes?" Der hagere Mann führt uns in die Küche. Im Lichtschein meiner Maglite wirkt er noch knochiger. Er hat die Figur eines Langstreckenläufers. Ein wirrer Gedanke. In der Küche riecht es nach frischen Würsten, Pfeffer, Muskatnus. Ich tippe auf Pressack. Der Hannes verwertet das Fleisch selbst und seine Frau verkauft es im Hofladen. Er schaltet kein Licht an und schaut aus dem Fenster in den Hof. Das Garagentor steht offen. Ich spüre, wie sein Gehirn arbeitet, wie sich Mosaikstein an Mosaikstein fügt. Er schaut mir noch einmal lange ins Gesicht. Ich blicke in entschlossene Augen. Seine Mienen sind eingefroren. Hass und Zorn haben sich in den tiefen Wangenfurchen verkrochen. Härte liegt auf seinem Gesicht. Jetzt könnte ich es ihm sagen. Da knallt seine Frage: „iss er hi?" wie ein Schuss in den Raum. Mein Kollege und ich schauen uns entsetzt an und nicken mit den Köpfen. Da fallen mir die Worte der Klugscheißer wieder ein. „Hier Kurfürst 11/5, Benachrichtigung durchgeführt. Ende". Beim Wegfahren hören wir einen Hahn krähen, der Hahn vom Nachbarhof gibt Antwort.

Christian Schmidt
Ordnung muss sein

Der Qualm vermischt sich mit den ersten Strahlen der Sonne. Ich verfolge, wie er sich gen Himmel bewegt und verflüchtigt. Leicht und locker schwebt er von dannen.

Wie schön wäre es gewesen, leicht und locker davonschweben zu können. Mit gewaltigen Flügeln wie Ikarus oder Pegasus. Doch wenn ich an meinen Beinen hinabblicke, sehe ich es grün auf blau: Leicht war da gar nichts und locker ebenso wenig. Vom dritten Stock abwärts, in den dritten Stock wieder hoch. Ich habe es überschlagen: Rund 135 Kisten, dazu unzählige Stücke diverser Möbel, die alle darauf warten, wieder zusammengebaut zu werden. Seltsamerweise spüre ich keinen Muskelkater, doch die Erschöpfung steckt tief in mir, nicht nur in meinen Knochen.

Ich ziehe erneut an der Zigarette und inhaliere den Duft von Freiheit und Abenteuer. Beides trifft.

Der wolkenlose Horizont kündigt einen weiteren heißen Tag an. Bereits um diese frühe Zeit kann ich in kurzer Hose auf dem Balkon sitzen.

Ich lasse meinen Blick über die Straße schweifen. Übermüdet habe ich das Auto gestern Frontstoßstange an Frontstoßstange mit Ingos Wagen geparkt. Mit dem neuen Nachbarn habe ich während der letzten Wochen schon einige gute Gespräche geführt. Und nicht nur dadurch habe ich gemerkt, dass dieser Schritt der einzig richtige war – obwohl die Schritte am gestrigen Tag mehr als einmal geschmerzt haben. Als ich mitten in der Nacht kraftlos auf die Matratze fiel, schaffte ich es nicht einmal mehr, dem Herrgott ein Wort der Dankbarkeit entgegenzubringen. Und auch das letzte Schlappeseppl hatte nicht mehr geschmeckt. Die leere Flasche steht vor mir auf dem Boden. Den Rest des Kastens habe ich Bert und Paul mitgegeben. Als Dank, dass sie bis zur Geisterstunde doch noch mitgeschleppt haben. Ihre Pläne hatten anders ausgesehen.

Ich inhaliere ein weiteres Mal vom Rauch des glühenden Tabaks. Zwischen all den kleinen Gedankenbruchstücken geht mir immer wieder eins durch den Kopf. Endlich!

Endlich nicht mehr in diesem verdammten Drecksloch.

Bayerisches Nizza. Wenn ich das schon höre. Sicher: mit dem Schloss über dem Main, der Altstadt, der Kneipendichte. Das hatte was für sich.

Und auch die Wohnung hatte uns damals gefallen. Wundervoll geschnitten, nah am Wald, fast schon ein Schlosscharakter mit der gewendelten Außentreppe. Die letzte Schönheit dieser Stufen fiel gestern ab. Beim Schleppen erkannten wir, wie kompliziert es doch war, mit schweren Kartons vor der Brust das Gleichgewicht zu halten. Einer musste dran glauben. Er krachte schneller abwärts, als wir laufen konnten. Wenn ich hätte fliegen können, sanft wäre er zu Boden gebracht worden. Kindische Superheldenfantasien.

Wenigstens diese sind heil im neuen Domizil angekommen. 50 Kisten Comics. Paul hat gefragt, wie viele es denn jetzt seien. Ich konnte ihm keine Antwort geben. Zu viele, mahnt mein Rücken. Ich antworte ihm, dass ich mich nun mal nicht für Briefmarken interessiere.

Und auch Emilies Aquarium hat sein Gewicht. Zwei Meter lang, das trägt sich nicht mit einer Hand. Auch wenn sie das Wasser entnommen hatte.

Ach, Emilie. Sie schläft noch, und ich beneide sie darum. Ich bin nach wie vor zu aufgedreht, hatte mich auf der Matratze gewälzt. Da ich nicht schlafen konnte, bin ich aufgestanden. Doch auch die Zigarette gibt mir keine Ruhe zurück. Ich drücke sie im Ascher aus.

Im Nachbarhaus geht ein Licht an. Der Rentner, der in seiner kurzen Hose fast täglich den Grill anschmeißt, erscheint am Fenster und blickt auf die Straße. Ich habe meine Brille nicht auf, kann ihn nicht genau erkennen. Doch ich erahne seine funkelnde Goldkette, die sich in seinen grauen Brusthaaren verstecken will. Er hebt seine Hand, in der sich etwas befindet. Winkt er? Ich weiß es nicht, grüße auf gut Glück meinen neuen Nachbarn.

Nachbarn.

So was gab es in Ascheberg gar nicht. Anonymität pur. Nach sechs Jahren dort konnte ich meine Nichtberuflichen-Bekannten immer noch an einer Hand abzählen. Da kenne ich hier schon mehr. Sympathisch, freundlich, ordentlich.

Ja, ordentlich, das ist mir wichtig. Nach Jahren im Müll.

Diese Menschen hier trennen ihren Unrat. Reinigen den Hausflur. Halten sich an Ruhezeiten. Wundervoll.

Es ist fast so, als würde die geografische Grenze zwischen den Ländern auch eine moralische Grenze enthalten. Hier wacht ein scharfer Sheriff über das Gesetz. Dort herrschten die Monarchen, getreu dem Motto „Oben hui, unten pfui.".

Im schwarz-gelben Land werden wir für eine Treppenhausreinigung bezahlen, die auch stattfindet. Mir zieht ein Schauer über den Rücken, als ich an den Flecken Biomüll denke, der wochenlang auf der Treppe lag, bis er sich endlich festgetreten hatte. Er klebte kaum noch, als wir gestern durch ihn hindurch waten mussten. In den Tagen zuvor hatte ich ihn umgangen, doch voll beladen ging das natürlich nicht. Keine Experimente. Nicht, dass man noch die Treppen hinabstürzt. Der eine Karton voller Bücher reichte.

Ich stehe auf, gehe in die Wohnung. Vor mir türmt sich der Berg von Pappe auf. Max Bahr, Praktiker, Bauhaus. In großen Lettern stehen die Namen der Firmen darauf. Alle versprechen Rabatte.

Ich will diesen Berg nicht mehr sehen, greife nur kurz in unsere Verpflegungstüte. Was haben unsere Helfer übrig gelassen? Eine halbe Milka fällt mir in die Hand. Ich ziehe sie heraus und gehe wieder auf den Balkon, nehme auf dem Stuhl Platz. Während ich ein Stück der Schokolade in meinen Mund stecke, bahnt sich die Sonne ihren Weg durch die maßgeschneiderten Hecken. So was gab's vorher auch nicht. Erst als der Mieter-Exodus anstand, wurden Sträucher gestutzt und Rasen gemäht.

Auf dem Dach sitzt ein Vogel. Als ich ihn erblicke, zwitschert er einmal auf, breitet die Flügel aus und startet in den Himmel. Ich verfolge seinen Flug. So intensiv habe ich die Natur schon lange nicht mehr wahrgenommen. In der anderen Stadt sah man nur Autos durch die Dreißigerzone rasen. Hier rast niemand.

Ein paar hundert Meter weiter nehme ich einen Mann wahr, der durch die Straße läuft. Wahrscheinlich auf dem Weg zum Bäcker. Mitunter stoppt er, blickt nach rechts und links. Dann geht er weiter.

Ruhe und Frieden in einer Vorstadt. Was kann es Schöneres geben?

Ich zünde mir eine zweite Zigarette an.

Emilie kommt auf den Balkon. Sie hat sich ein Top übergezogen. Mehr wird auch sie nicht gefunden haben. Sie nimmt mir die Zigarette aus der Hand und gönnt sich selber einen tiefen Zug. Das Aufhellen der Glut vermischt sich mit der Morgenstimmung. Sie küsst meine unrasierte Wange. „Warum bist Du schon wach?!"

„Konnte nicht mehr schlafen."

„Jetzt ist es geschafft, Hans!" Sie setzt sich auf meinen Schoß. Ihr warmer Körper lässt meine schmerzenden blauen Flecken vergessen.

Ich berühre ihren Rücken, nehme mir mit der anderen Hand die Zigarette zurück.

„Sieh mal dort unten!"

Ich sehe nichts, sie dafür um so besser.

Wir haben einen Strafzettel wegen Falschparkens bekommen.

> *Nach Wochen stellt sich endlich raus,*
> *Mein Nachbar ist bekannt*
> *Der zeigt fast täglich Leute an*
> *Nach seiner Pensionierung wurd' er Denunziant*
> (Marius Müller-Westernhagen, 1978)

Dietmar Rehwald
Der Aktenkoffer

Das Uhrenradio schleudert mir giftgrüne Leuchtzeichen ins Gesicht, macht ein Getöse übers Töten, Apologeten und Moneten, dass ich es augenblicklich zerschmettern könnte, lasse es aber, der äußerst wichtigen Wettervorhersage wegen.

Ich stehe am Bahnhof – dem Eingleisigen – und warte auf den einen Zug, der niemals kommt und in den ich dennoch immer wieder einsteige. Mir ist, als bestünde mein gesamtes Leben aus diesem elenden Bahnhofsdasein: Park-and-ride, warten, ein- und umsteigen, Menschen, die näher an der Zugtüre dran sind als ich, mit denen ich mehrmals in der Woche den Kampf ums Dasitzen austragen muss, den ich zumeist verliere, weil es mir an Durchsetzungsvermögen mangelt. Dies ist wohl auch der Grund, warum meine bisherigen Versuche, ein Weibchen zu begatten, kläglich gescheitert sind. Bis auf den, der mich zu meiner Frau geführt hat, und der wohl eher aus Mitleid denn aus einem erfolgreichen Balzverhalten gelang.

Das Geburtsdatum meiner Frau einstellend, lasse ich die Schlösser hochschnellen, öffne den Deckel, sehe den wohlgeordneten Innenraum, nehme das *Main-Echo* heraus, lausche, schätze den Lärmpegel ein, überlege, welche Klingeltöne mich wohl heute malträtieren werden, wie hoch die verbale Verschmutzung heute sein wird. Dann hole ich auch ihn heraus, den Schallschutzkopfhörer, der fünfundzwanzig Dezibel schlucken kann, setze ihn auf, höre auf meinen Atem, entfalte die Zeitung, beschäftige mich ausgiebig mit dem Wetterteil. Doch die verdammten Durchsagen lenken mich ab, dringen durch die Schutzhülle, verkünden Anschlusszüge nach Schöllkrippen, Friedberg, Wiebelsbach-Heubach, Fulda, Amsterdam und Samarkand.

Ich komme am Bahnhof an – dem Vielgleisigen. Aus allen Richtungen fahren sie ein, die Arbeitertransportzüge, spucken zur Arbeit herangezogene Menschen aus, die ihrer Pflicht entgegen gehen und den Bahnhof mit ihrer Existenz verstopfen. Reihenweise umlegen könnte ich sie, diese idiotischen Heloten, deren kritische Masse bereits überschritten ist, aber es sind zu viele, einfach zu viele, und ich bin einer von ihnen. Und wieder einmal bahne ich mir den Weg zur U-Bahn, als ob eine geheime Macht mich an den Ort blödsinniger Verrichtungen zöge. Kant soll erkannt haben, dass Paviane sehr wohl sprechen könnten, es aber unterließen, da sie sonst befürchten müssten, zur Arbeit herangezogen zu werden.

Auf dem Weg zur U-Bahn komme ich an einer dieser Anzeigentafeln vorbei, auf der steht in weißen Lettern: ICE nach Samarkand, Abfahrt 7:29. An der U-Bahnstation angekommen, sehe ich auf die Uhr: 7:23. Vor meinem geistigen Auge läuft die ewige Wiederkehr des immer gleichen Arbeitstages ab: ich arbeite, stehe auf, steche aus, steige ein und komme an – am Bahnhof.

Bereits mit einem Bein in der U-Bahn, ziehe ich es wieder zurück, sehe der abfahrenden U-Bahn hinterher, weiß nicht, wohin ich das noch in der Luft befindliche Bein abstellen, wohin der nächste Schritt gehen soll.

Ich bekomme dieses Blau nicht mehr aus dem Kopf, dieses weiße Versprechen auf blauem Grund. Gemächlichen Schrittes nähere ich mich den fernzüglichen Gleisen, erhöhe mein Tempo, verlangsame es wieder, sehe erneut auf die Uhr, alle paar Sekunden: 7:25. Ein inneres Beben ergreift mich, eine sonderbare Aufgeregtheit, wie vor einer mündlichen Prüfung, nein eher wie bei einer Wanderung über einen schmalen Grat. 7:26. Ich kriege keinen klaren Gedanken mehr hin. Meine Hirndrähte glühen, sind kurz davor durchzuschmoren. 7:27. Ich beschleunige meinen Schritt, bleibe vor einem Zeitschriftenladen stehen, betrachte die Überschriften der Tageszeitungen, verstehe sie nicht. 7:29. Ich renne die Rolltreppe rauf und einen Passanten um, dessen Schicksal mir völlig gleichgültig ist, renne, als ginge es um mein Leben, stoppe knapp vor dem Zugbegleiter, frage ihn, ob es möglich ist, im Zug ein Ticket zu kaufen. „Ja, kein Problem", sagt dieser.

Ich sitze im ICE nach Samarkand. Mein Puls hämmert gegen Hals und Schläfe. Bis er spürbar langsamer klopft, das Hirn wieder ins Spiel kommt, Signalstoffe eine scheinbar vernünftige Botschaft aussenden, die da lautet: *Noch ist Zeit auszusteigen!* Da ich ungerührt bleibe, wird das Gewissen ins Rennen geschickt, fängt der innere Gerichtshof an zu tagen, reden imperative Schöffen auf mich ein: *Bist du ein kompletter Idi-*

*ot oder was? Was ist bloß in dich gefahren? Du steigst sofort wieder aus, los! – dann ist nichts weiter geschehen. Aussteigen, **sofort**!* Ich beuge mich dem Urteil, gehorche den Befehlen, stehe auf und steige aus. In meinem Kopf verlaufen verknotete Schienenstränge, die weit davon entfernt sind, auf eine Weiche zu treffen. Dann gehen die Türen zu, und ich bin, trotz des ganzen Nebels in meinen Kopf, auf dem Weg, auf dem Weg zurück zur U-Bahn. Plötzlich die erlösende Stimme, die den Nebel durchbohrt wie ein Pfeil, mich wieder helle werden lässt, die fragt, was denn jetzt ist, ob ich noch mitfahren will. Und ich schreie, schreie klar und deutlich: „Ja warten Sie, halt, warten Sie, ich will noch mit." Ich renne was das Zeug hält, zur letzten offenen Türe, an der mich der Zugbegleiter mit einem: „Das war aber äußerst knapp« begrüßt. »Ja, äußerst knapp", erwidere ich und steige ein, frage nach Luft ringend, ob dies der Zug nach Samarkand ist. „Samarkand?", wiederholt er. „Amsterdam, dies ist der Zug nach Amsterdam." „Auch gut", sage ich.

Vor den Abfallbehältern stehend rätsele ich, welcher der Richtige ist, der für Papier, Flaschen oder Obst. Da ich mich nicht entscheiden kann, gehe ich aufs Klo und spüle sie hinunter, die Krawatte. Stunden später schwimmt mein Aktenkoffer die Amstel entlang.

Christine Mai
Glückliche Affäre

Das Telefon klingelte, gerade, als sie zur Tür hereinkam. Für Sekunden fühlte sie sich durch die vertraute Nummer bedroht.

„Behrends", meldete sie sich förmlich.

„Na endlich!", platzte er heraus. „Wo steckst du nur? Ich habe es schon ein paar Mal probiert."

„Ich war im Keller."

„Ausgerechnet jetzt? Kannst du nicht auf mich Rücksicht nehmen? Du weißt doch, dass ich immer zur selben Zeit anrufe." Sie biss sich auf die Unterlippe. Der Vorwurf hatte getroffen.

„Übrigens", fuhr er versöhnlich fort, „Anna fährt jetzt doch zu dem Klassentreffen. Ich kann also weg. Sehen wir uns wie üblich im Hotel?"

„Aber meine Freundin kommt doch zu Besuch", wandte sie ein. „Weißt du nicht mehr? Wir haben neulich darüber gesprochen."

„Oh." Er schien ehrlich enttäuscht. „Dann dauert es ja ewig, bis wir uns wieder sehen."

„Es sind doch nur vier Wochen."

Anna würde dann für mehrere Tage ihre Eltern in der Schweiz besuchen. Er schwieg beleidigt.

„Komm, Schatz", sagte sie, „hab dich nicht so. Die Zeit bis dahin geht bestimmt schnell vorbei."

„Ich will aber nicht warten."
„Dann musst du es deiner Frau sagen."
„Was sagen?"
„Das von uns."
Empörte Stille. Sie lächelte verächtlich. Er würde auch diesmal nicht nachgeben, das war sicher.
„Versteh doch, es ist nicht so einfach", setzte er an. „Das Haus und die Kinder…"
Sie hörte nicht weiter zu. Die gleichen Ausreden mit den exakt gleichen Worten zum x-ten Mal seit sie sich kannten. Ihr Blick schweifte umher. Sie könnte mal wieder Fenster putzen.
„Ich werde dich später noch mal anrufen", sagte er zum Schluss.
„Wir sind auf einem Konzert. Es kann also sein, dass ich das Handy nicht höre."
„Dann schicke ich wenigstens eine SMS."
„Tu das."
Abrupt legte er auf. Seine Frau war wohl ins Zimmer gekommen. Bildlich sah sie vor sich, wie er die Peinlichkeit des Ertapptwerdens mit einem Scherz überspielte. Sie ließ den Hörer sinken und sah auf die Uhr.
In wenigen Stunden würde Anna bei ihr sein.
Sie hatten seit kurzem eine Affäre.

Meike Kreher
Der Vortrag

Charlotte Bergmann wollte befördert werden.

Ihre große Chance. Der sorgfältig vorbereitete Vortrag über die Strategien, die ihrem Unternehmen endlich den Erfolg auf dem südamerikanischen Markt bringen sollten. „Den Herren liegt bereits ein Ausdruck meiner Ausführungen vor". Sie blickte in die Runde und zupfte ihren neuen grauen Rock zurecht. Herr Doktor Frank lächelte. Die breite weiße Strähne in seinem dunklen Haar leuchtete. „Bitte, Frau Bergmann, wir sind sehr gespannt." Ein Grummeln erhob sich und ebbte wieder ab. Charlotte Bergmann sah Herrlich und Kunst, die ebenfalls nach Beförderung gierten und sich Blicke zuwarfen.

Sie erhob sich. „Danke, Herr Doktor Frank". Sie stützte sich mit den Händen auf die Platte des ovalen Konferenztischs aus grau gefärbter toskanischer Steineiche. Als sie sich wieder vom Tisch abstieß, blieben zwei handförmige Schweißabdrücke auf der Tischplatte zurück. „Unsere Firma hat sich für die kommenden Jahre viel vorgenommen. Als Unternehmen mit internationaler Ausrichtung können wir auf dem globalen Markt nur bestehen, wenn wir uns seinen Herausforderungen stellen." Einige Herren stierten blass in ihre Richtung. Herrlich und Kunst glotzten auf Doktor

Frank. Charlotte Bergmann reckte ihren Nacken gerade und referierte – über den Bedarf an Klimatechnik in den aufstrebenden Staaten Südamerikas, die dortigen Marktgegebenheiten, die Mitbewerber, die humanen Ressourcen, die Aus- und Fortbildungsmöglichkeiten für die einzustellenden Mitarbeiter, die Unterstützung oder Behinderung durch lokale Behörden und Regierungen und die entsprechenden Werkzeuge, mit denen eventuelle Hindernisse aus dem Weg zu räumen seien. „Natürlich muss man sich den ortsspezifischen Verhältnissen und Verhaltensweisen anpassen. Wir wollen ja schließlich Geld verdienen."

Kunsts Knie wippte unter dem Tisch aufgeregt auf und ab. Herrlichs Augen blitzten aus gefährlichen Schlitzen.

„Ich habe mir erlaubt eine kleine Präsentation vorzubereiten. Am Beispiel Brasilien, wo wir ja schon an zwei Jointventures beteiligt sind, möchte ich gerne festmachen, wie wir vorzugehen haben und was wir uns erwarten können. Ich meine: Dort liegt unsere Zukunft."
Die Sonne schien in die Fensterfront und als Charlotte Bergmann den neuen Laptop aufklappte, den sie sich extra für den Vortrag von ihrer Sekretärin hatte besorgen lassen, brach sich ein Sonnenstrahl an dem glänzenden, polierten Bildschirmrand und zerstob in der Luft. Mit einer lockeren Geste schaltete sie den Computer ein und nach kurzer Zeit erstrahlte ein farbenfrohes Gebilde auf der blütenweißen Projektionswand.

Kunst stieß sich sein Knie an der Tischkante. Herrlich blickte immer noch bewegungslos. „Nun noch ganz kurz – und dann entlasse ich Sie, meine Herren – die geographischen Voraussetzungen für den möglichen Bau eines neuen Werks im Nordosten des Landes.

Für Ihre Aufmerksamkeit möchte ich Ihnen schon an dieser Stelle danken". Charlotte Bergmann wandte sich elegant zu ihrem Laptop. Sie spitzte den Finger, um das letzte Dia zu öffnen.

Es klopfte an der Tür. „Herr Generaldirektor Pause", säuselte Franks Vorzimmerdame mit runden Lippen und reckte ihren solariumgebräunten Hals in das Zimmer. „Das ist aber eine Überraschung! Frau Bergmann, wir dürfen den Herrn Generaldirektor wohl hereinbitten", freute sich Frank, sprang auf die Füße und seinem Chef mit ausgestreckter Hand entgegen. „Herr Generaldirektor". „Machen Sie nur weiter, bitte. Ich bin nicht da, nur ein ganz kleiner Überraschungsbesuch", versicherte Pause.

„Vielen Dank, Herr Generaldirektor. Hier also eine letzte graphische Darstellung der regionalen Gegebenheiten des nordöstlichen Brasilien, wo sich – meiner Meinung nach – der Bau eines neuen Werks der Klima-World GmbH geradezu anbieten würde." Charlotte Bergmann klickte entschlossen das letzte verbliebene Dia an und schrammte dabei mit dem Fingernagel über das Touchpad. Dann verstummte das Zimmer. Die Runde starrte auf die Leinwand.

Zu sehen war ein breiter, palmengesäumter Strand vor einem wilden Meer. Im Hintergrund sah man Kinder, die Fußball spielten. Wahrscheinlich schossen sie den Ball in die anbrandenden Wellen, um sich ihm dann hinterher ins Wasser zu stürzen. Man glaubte fast, ihre fröhlichen Stimmen zu hören. Am linken Rand des Bildes saß eine junge, dunkelhäutige Frau mit schwarzen Locken. Sie lachte fröhlich in die Linse und lehnte an einer grau behaarten Brust. Über ihrem rechten Busen lag entspannt die wurstige Hand eines blassen Mannes, der ganz offensichtlich ebenfalls in bester Laune war. Vor ihnen, auf einem quadratischen Tisch aus weißem Kunststoff, über dem sich ein gelber Sonnenschirm wölbte, standen zwei kleine Gläser mit Bier, das so kalt war, dass sich Tropfen an den Glaswänden bildeten. Eine grüne Kokosnuss mit einem Strohhalm darin balancierte auf dem vorderen Rand des Plastiktischs.

Alle wandten den Kopf zu Generaldirektor Pause, der laut keuchte und reflexartig seinen schweren Direktorsessel nach hinten schob. Dabei verlor er das Gleichgewicht und rutschte aus dem Lederpolster. Charlotte Bergmann klappte den Bildschirm des Computers zu, doch das Bild erstrahlte immer noch auf der Leinwand. Mit zitternden Händen fingerte sie den Laptop wieder auf und betätigte die Start-Taste. Nach endlosen Sekunden herrschte schließlich eine gespenstische Stille. Nur das rotgesichtige Schnaufen von Generaldirektor Pause war zu vernehmen. Dieser lag auf der teuren Auslegeware, blickte starr an die dunkle Decke des Konferenzraums und wünschte sich zu seiner Geliebten nach Brasilien. Frank hielt die Augen geschlossen, seine Nasenflügel bebten. Niemand wagte es, sich zu rühren. Charlotte Bergmann starrte auf den leeren Ledersessel des Generaldirektors, dessen Hände sich im Teppichboden festgekrallt hatten.

Herrn Söderberg aus der Personalabteilung juckte es in der Nase, doch er wagte nicht, sich zu schnäuzen; deswegen fuhr er sich geräuschlos mit dem unteren Ärmel seines dunkelgrauen Jacketts, zu dem ihm seine Frau zu Weihnachten ein hellgraues Hemd geschenkt hatte, über die Nase.

„Wer hat das getan?", flüsterte Charlotte Bergmann und glotzte aus roten Augen. „Wer war das?" Dann sah sie Joachim Herrlich – und Joachim Herrlich lächelte.

Horst Kayling
Monika

Damals war es mühsam. Vertragstexte verbessern war bei meinem Jurastudium noch langwierig. Ändern, einfügen, streichen, noch einmal tippen auf der Schreibmaschine.

Wie leicht ist es heute. Ich sehe den Vertrag durch, lösche überflüssigen Text. Markieren und Entfernen-Taste. Weg! Als wäre er nie dagewesen.

Ist nicht die Arbeit überflüssig? Jetzt, nach meinem Entschluss?

Auf dem Schreibtisch liegt neben Papieren eine Plastiktüte bereit. Ich setze mich in den Bürosessel, knüpfe einen Schuh auf, ziehe den Schnürsenkel heraus und lege ihn zur Tüte.

Das schwere Schreibmöbel aus dunkler Mooreiche hatte Irmgard aufgespürt. Irmgard! Damals noch Irmchen. Wir waren aus dem Häuschen, ihn mit Tisch und Sesseln günstig von einem Kollegen erbeutet zu haben, der sich zur Ruhe gesetzt hatte. Um die dazu passenden Wandpaneele hatte ich mit dem Schreiner sogar noch ein bisschen gefeilscht. Kanzleieröffnung, glückliche Zeit.

Ich bin nun ruhig und gefasst, gehe über den Teppichflaum zum Fenster, sehe hinaus auf die regennassen Dächer, in den düsteren Himmel, sehe noch einmal die aufgezogene Seekarte der Adria an der Wand, die ich inzwischen hatte rahmen lassen, ein Geschenk zum Jubiläum.

Es war eine würdige Feier. Stolz könnte ich auf fünfundzwanzig Jahre erfolgreiche Anwaltskanzlei zurückblicken. Wie sagte unser Bürgermeister in seiner Rede: Das blanke Messingschild „Dr. Joachim Mehling, Rechtsanwalt und Notar" hat viele nicht nur auf Recht hoffen lassen, nein, Dr. Mehling hat sich zielstrebig mit jedem Fall identifiziert, für jeden Klienten gekämpft.

Anita, meine Sekretärin, schenkte ein. In das Gemurmel der Gäste mischte sich das Klingen der Sektgläser. Glückwunschbriefe häuften sich auf dem Geschenktisch zwischen Blumen, einem Segelbuch vom Studienfreund Horst von der Rechtsanwaltskammer, an die Wand gelehnt die Karte der Adria.

„Bitte etwas zusammen rücken", der Fotograf wollte ein Bild für die Zeitung, fragte nach Lebenslauf, meinem Bildungsweg. Meine Ehe wurde ausgespart. Der Reporter wusste, was sich gehört.

Mein Einkommen beziehe ich überwiegend aus den Scheidungen, aber nicht nur das Familienrecht ist mein Gebiet. Ehrenamtlich fühle ich mich in einer brisanteren Sparte gefordert. Der Herr Pfarrer lobte deshalb meinen Einsatz für missbrauchte Kinder und Frauen. Wie wahr! Ich darf behaupten, dass ich als Experte für Straftaten mit sexuellem Hintergrund weit über die Stadtgrenzen hinaus bekannt bin. In das Seelengefüge der Täter als auch der Opfer finde ich gut hinein. Die Fachzeitschrift *Der Jurist*, für die ich regelmäßig eine Kolumne geschrieben habe, würdigte meinen Einsatz mit einem Scheck für den Arbeitskreis „Wehr dich!", von mir gegründet.

Staatsanwältin Frau Schroth streckte kollegial ihre Hand entgegen. Sie ist am Gericht Anlaufstelle für Befragungen und Verhöre weiblicher Opfer und Zeugen. Wir arbeiteten gut zusammen.

Anita kam herüber geschwebt. Ihr wird ein Verhältnis mit mir unterstellt. Horst, der sich in der Gerüchteküche unserer kleinen Stadt auskennt, hat es mir anvertraut. Ich habe nichts mit ihr. Sie ist mir zu alt! Dabei bin ich über fünfzig, sie ist achtundzwanzig. Ich hänge in der Luft wie zwischen zwei Seelen.

Da ist doch dieses Junge, Unschuldige, Hilflose, wie ein Magnet. Es lässt mich nicht mehr los seit den Tagen auf der Adria, in denen ich von einem süßen Strudel verschlungen wurde, der Törn auf der Adria, ein Geschenk zu ihrem ersten runden Geburtstag.

„Achim, ich muss dir deinen Doppelgänger vorstellen!" Anita übertrieb etwas, aber der Mann um die dreißig hatte auch einen gepflegt gestutzten Vollbart, ebenmäßig markante Gesichtszüge und trug eine randlose Brille.

Anita flirtete schon wieder mit Horst.

„Schön, Sie kennenzulernen, Peter Kern, Klassenlehrer Ihrer Monika." Ich ließ mein Glas sinken, wieso meine Monika? Sie ist meine Enkelin, jetzt zwölf Jahre alt, die bei mir wohnt seit meine Tochter bei einem Verkehrsunfall ums Leben kam und Monikas Vater mit einer anderen ausgerückt ist.

Lehrer Kern nippte am Glas. „Ich muss sie loben, sie ist in fast allen Fächern die Klassenbeste."

Klar, auch da war ich hinterher.

„Ich habe manchmal den Eindruck, sie würde mit ihrem Fleiß einen Schuldkomplex kompensieren."

Was glaubte der Jungpädagoge herausgefunden zu haben? Da ging mir etwas gegen den Strich, ich fühlte eine Spur Eifersucht. „Ihre pädagogischen Fähigkeiten will ich nicht anzweifeln, aber Schuldkomplexe habe ich bei meiner Enkelin nicht zu erkennen vermocht. Aber Sie scheinen sich für das Kind zu interessieren."

„Ja, ihr extremer Ehrgeiz ist mir aufgefallen."

Herr Lehrer war hartnäckig. „Wenn Sie die Zeit hätten, würde ich Ihnen einen Vorfall schildern, der auch Ihnen zu denken geben sollte."

Mir war unwohl, ich sah mich um. „Aber bitte!"

„Ich redete mal mit ihr unter vier Augen, über ihre Wünsche, Vorstellungen und dergleichen. Sonst sehr still, schrie sie mich von einem Moment auf den anderen an, ich solle weggehen, das Klassenzimmer verlassen, sie wolle mich nicht mehr sehen. Als ich beruhigend den Arm um ihre Schultern legen wollte, schrie sie noch lauter, ich täte ihr weh. Es kam so weit, dass sie sich zu Boden warf, sich mit Händen und Füßen wehrte, obwohl nichts abzuwehren war. Dann hielt sie schreiend die Hände vor die Augen. So etwas habe ich noch nie erlebt." Wie zur Bestätigung nahm er einen großen Schluck.

Da traf mich etwas.

Gedanklich auf einem Nebengleis, wandte ich mich bald wieder gefasst dem Lehrer zu. „Sie haben so etwas noch nie erlebt, sagen Sie. Nun, Sie sind noch relativ jung, und ich kann Sie beruhigen. Solche hysterischen Anfälle habe ich mehrfach erlebt. Ich sehe sie als Folge einer Kombination von Hochbegabung und Pubertät."

Der Lehrer sah mich schweigend an. Dann sagte er leise: „Ich tue mein Möglichstes. Sie sind informiert!"

Wie eine Anklage!

Ich hätte behutsamer mit Monika umgehen müssen, aber es wäre mir schwer gefallen.

Ich komme von der Mittagspause, als Anita einen Anruf meldet. Monika? Ich eile in mein Büro, schließe die Tür, greife zum Hörer.

„Ach du, alter Freibeuter, wie geht's?" Mein Kugelschreiber klappert auf die Tischplatte. Ich sinke in den Sessel.

„Mäßig, der Papierkram nervt. An einigen Tagen Hochbetrieb bis in den Abend, dann wieder Leerlauf."

„Horsti, wie wäre es mit Urlaub?"

„Du gibst mir das Stichwort. In der nächsten Woche ist so ein Leerlauf abzusehen. Wenige Termine am Gericht. Was wollte deine Enkelin dort?

Also zum Urlaub: Wozu haben wir die Yacht? Hast du Lust zu einem Törn eine Woche auf der Adria? Auf hoher See nach Piran, dann die Küste Istriens hinunter, Novigrad, Limski-Fjord, Rovinj, Pula, das wär' doch was!"

Mir blieb die Luft weg.

„Ist zu überlegen, hört sich gut an. Aber nun zum Gericht. Wo und wann hast du Monika gesehen?"

„Gestern Vormittag auf dem Flur. Sie sah ziemlich verheult aus. Auffällig für mich, weil doch Unterrichtszeit war. Es kommen schon mal Schulklassen, die den Gerichtsalltag beobachten, aber außer ihr habe ich keinen Schüler gesehen."

„War jemand bei ihr?"

„Ja, ein Mann mit Vollbart. Ich dachte erst, das wärst du. Sie sind dann in das Zimmer von Frau Schroth gerufen worden."

Stets fühlte ich mich sicher wie hinter einem Bollwerk, ein Bollwerk der Zustimmung, Anerkennung für meine Arbeit, Ehrung durch die ganze Stadt.

Ich starre auf die Seekarte. Zum ersten Mal sehe ich im dunklen Blau die Tiefe: hundertachtundneunzig Meter. Die Zahl verschwimmt.

„Was ist? Bist du noch da?"

Ich lege auf.

Es klopft. Bevor Anita herein kommt, kann ich Papiere über Plastiktüte und Schnürsenkel legen.

„Achim, an einem Schuh fehlt der Schnürsenkel!"

„Ja, schon gut." Und als sie noch immer kopfschüttelnd auf meinen Schuh sieht: „– er ist mir gerissen! Anita, lässt du mich eine halbe Stunde allein? Diesen Vertrag muss ich sorgfältig überdenken."

Sie nickt und verlässt das Büro.

Jetzt!

Ich tippe in die Tastatur: „Einen Augenblick gelebt im Paradiese – ist nicht zu teuer mit dem Tod gebüßt."

Den Computer fahre ich herunter, ziehe die Plastiktüte über den Kopf und knüpfe den Schnürsenkel um meinen Hals zu.

Christian Schmidt
Isolde oder
Wie viele Stufen führen zum Himmel?

So hatten wir den Reisesack gepackt und uns gen Süden aufgemacht.

Fünf Tage waren wir von Koblenz aus mit Kutsche und Zug unterwegs gewesen. Allein 31 Stunden hatte es von Luzern aus gedauert. Dann fuhren wir im Mailänder Bahnhof ein. Dort stand sie. Isolde!

Ich vergaß meinen jungen Schüler, den westfälischen Freiherren, als ich den Waggon verließ. Sie lief mir freudestrahlend entgegen, beachtete die anderen Reisenden nicht. Als sie mich endlich erreicht hatte, fiel sie mir in die Arme.

„Karl, oh mein lieber Karl." Sie drückte mir zwei Küsse auf die Wangen. Von ihrem zarten Antlitz strömte der sanfte Duft eines teuren Parfüms, das sie wohl in einem der edelsten Mailänder Geschäfte gekauft hatte.

„Wie schön, dich wiederzusehen." Ihre Träne tropfte auf meine Weste.

„Ja, es ist wahrlich lange her."

Eng aneinander gedrückt standen wir wie ein Fels in der Menschenbrandung. Da bemerkte ich aus den Augenwinkeln, wie sich ein hochgewachsener Mann näherte.

Isolde löste sich von mir, um den mir Fremden heranzubitten. Dass sie dies mit der gleichen Freude tat, wie sie mich vor Sekunden noch begrüßt hatte, stach mir ins Herz. „Karl, darf ich dir meinen Verlobten vorstellen?! Giorgio de Berlussco."

Ich reichte ihm die Hand. „Ich habe schon viel von Ihnen gehört. Baedeker, Karl Baedeker." Er schlug ein, ein angenehmer, fester Händedruck. „Und mir ist es nicht anders ergangenen. Isolde spricht sehr viel von Ihnen."

„Ich hoffe, nur Gutes", verfiel ich in eine Floskel.

„Aber Karl, wie kannst du nur denken, ich würde Schlechtes von dir erzählen."

Wir lachten, und der Schmerz hätte zu heilen begonnen, wenn ich seinen stechenden Blick nicht gespürt hätte. Der einflussreiche Italiener musterte mich argwöhnisch.

Ich wechselte das Thema: „Darf ich euch meinen Begleiter vorstellen?!" Der Westfale hatte sich längst hinter mir postiert. „Freiherr Karl Gisbert Friedrich von Vincke."

„Das ist ja amüsant!", frohlockte Isolde. „Da haben wir uns so lange nicht gesehen, und dann kommen gleich zwei Karls zu mir." Sie gab ihm herzlich die Hand, und auch der Italiener schlug ein. Der Freiherr war also ebenso aufgenommen worden.

„Wie geht es Mathilde und den Kindern?", fragte Isolde, während unser kleiner Trupp sich auf den Weg zur Kutsche machte.

„Es geht allen gut. Fritz hat die Schule soeben beendet, und er gedenkt, in meine Fußstapfen zu treten. Wie seine Brüder."

„Darauf müssen Sie stolz sein", warf der Italiener ein. „Welcher Vater möchte nicht als Vorbild für seine Kinder gelten."

„Liebster, du vergisst aber eines", intervenierte Isolde. „Karls Perfektion kann niemand kopieren."

Meine Begleiter lachten, doch ich konnte nicht einfallen. Was gab es zu lachen, wenn die Wahrheit gesprochen wurde? Der Freiherr bemerkte, dass ich ernst blieb, und auch aus seinem Gesicht entschwand die Freude wieder. Er wusste, dass er zum Lernen mit mir gereist war. Und er wusste, dass ich über meine Arbeit nicht scherzte.

Doch die Fröhlichkeit hatte uns alle schon wenige Augenblicke später wieder umfangen, als wir in der Kutsche durch die imposante Stadt fuhren. Ich wollte sie in den ersten Stunden nur auf mich wirken lassen, bevor ich mit meiner Arbeit beginnen würde. Bis dahin war ich einer der typischen Touristen, die ich hoffte, zu weiteren Reisen zu animieren.

So genoss ich den geistreichen Abend in Isoldes Haus wie jeder Mann, der seine beste Freundin besucht.

Der nächste Morgen begann früh. Während wir uns frisch machten, ließ ich meine Arbeitstasche auf die Kutsche laden. Dann bestiegen der Freiherr, der Italiener, Isolde und ich das Gefährt. Der Fahrer steuerte direkt das Ziel des heutigen Tages an: den Mailänder Dom.

Seit dem 14. Jahrhundert befand er sich im Bau. Einst hatte der Herzog Gian Galeazzo mit der Arbeit begonnen, und die Architekten gingen davon aus, dass er in zehn Jahren mit allen Details abgeschlossen werden würde. Sie verrechneten sich um ein Jahr.

Wir fuhren eine halbe Stunde durch die Stadt, in der die Menschen ihrem Tagewerk nachgingen. Dann erblickte ich den Dom in voller Pracht. Für Sekunden kam ich aus dem Staunen nicht heraus. Wäre ich ein Dichter gewesen, mir wären Worte der Erhabenheit über die Lippen gekommen. „Welches Wunder er ist! So großartig, so ernst, so riesengroß! Und doch so fein, so luftig, so anmutig!" Dies wäre mir in den Sinn gekommen, doch ich war nur ein Buchverleger, der es sich zur Aufgabe gemacht hatte, Fakten zu sammeln. Daten und Zahlen, Höhen und Tiefen, Breiten und Längen.

Wir betraten das Monument, und auch hier wurde ich von der Erhabenheit fast überwältigt. Aber ich hatte eine Aufgabe, wandte mich an den Freiherr und schickte ihn wieder nach draußen, um unsere Tasche zu holen.

„Warum musst du alles neu ausmessen?", fragte Isolde. „Das könntest du doch alles bei den Ämtern einsehen."

„Bist du sicher, liebe Isolde, dass es dort richtig notiert ist?"

Bevor sie antworten konnte, erschien der junge Freiherr wieder.

„Herr Baedeker, Herr Baedeker", rief er, bleich im Gesicht. „Die Kutsche ist fort. Mit unserer Tasche."

Bevor ich wusste, wie ich auf diese Überraschung hätte reagieren können, meldete sich der Italiener zu Wort: „Oh, meine Freunde. Ich glaube, ich habe wieder zu impulsiv gehandelt und den Kutscher heim geschickt. Ich dachte, wir könnten nach Ihrer Arbeit gemeinsam durch Mailand zurückwandern."

„Und wie denkst du, Giorgio, soll Karl seiner Arbeit nachgehen?" Er erntete einen strafenden Blick.

Doch ich ließ mich von dieser Situation nicht aus der Ruhe bringen. „Komm, mein junger Schüler. Wir machen es auf unsere ganz eigene Weise."

Der Freiherr verstand, und wir begannen, den Dom abzuschreiten. Jeder Schritt exakt gemessen, so wie wir es in mühevoller Kleinstarbeit einstudiert hatten. Wie oft hatten wir einen Fuß vor den anderen gesetzt, um ein passendes Maß zu erreichen.

Ich spürte die Blicke unserer Begleiter in meinem Nacken, doch ignorierte sie.

„157 Meter", sagte ich, nachdem ich das Bauwerk abgeschritten war,

„157", stimmte der Freiherr mir zu.

„Wie können Sie da so sicher sein?", hörte ich den Italiener.

„Meine Technik ist perfektioniert", gab ich zurück, während ich die Längenangabe notierte. Man hätte die kurze Antwort als schroff bezeichnen können, doch wer mich näher kannte, wusste, dass ich in meiner Arbeit aufging.

Isolde kannte mich. „Phänomenal."

Der Freiherr begann, das Längsschiff in der Breite zu messen. Ich folgte ihm. Als wir beide das andere Ende erreicht hatten, gab er mir den Wert an. „16,75 Meter." „Korrekt, junger Freund. 16,75 Meter." Ich nickte ihm zu.

Der Italiener zischte. „Sie wollen mir doch nicht erzählen, dass Sie sogar die Zentimeter genau abmessen können, oder?"

„Wir können", erwiderte ich. „Wenn ich jetzt ein Maßband hätte, könnten Sie gerne alles überprüfen. Aber ich wette, Sie würden kein perfekteres Ergebnis erzielen."

„Wenn es ans Wetten geht", erwiderte der Italiener, „schlage ich Ihnen etwas vor: Ein befreundeter Architekt hat mir einmal gesagt, wie viele Stufen es bis zur Kuppel sind. Damit gehöre ich zu einem kleinen auserwählten Kreis, denn ansonsten gibt es nur Vermutungen. Und diese schwanken zwischen 150 und 500. Wenn Sie mir das exakte Ergebnis liefern, glaube ich Ihnen auch, dass Sie mit Länge und Breite recht haben."

„Mein lieber de Berlussco, in der Regel ist meine Arbeit nicht zum Spaßen geeignet. Doch um Isoldes Vertrauen zu bestätigen, nehme ich die Wette an. Bitte geben Sie mir nur eine halbe Stunde, mich vorzubereiten."

Der Italiener nickte, und ich zog meinen jungen Schüler nach draußen.

„Warte hier, Karl. Ich bin in ein paar Minuten zurück."

„Herr Baedeker, ich vertraue Ihnen voll und ganz, das wissen Sie", warf er ein. „Doch ich habe gehört, dass es noch niemandem gelungen ist, die Stufen zu zählen. Man sagt, dass der Dom rund 106 Meter hoch ist ..."

„106 Meter und 50 Zentimeter", gab ich bekannt und lächelte.

„ ... na ja, ich bin gespannt, wie Sie sich schlagen werden."

„Ich werde dich nicht enttäuschen." Und Isolde auch nicht, fügte ich in Gedanken hinzu.

Eine halbe Stunde später begann der Aufstieg. Dem Freiherr hatte ich befohlen, sich stets drei Stufen hinter mir aufzuhalten, während Isolde und der Italiener unten auf uns warten sollten.

Ich hatte mir in den vergangenen 30 Minuten eine Technik erdacht und dem Freiherr davon keine Silbe erwähnt. So musste er mir schweigend zusehen, wie ich in regelmäßigen Abständen kurz inne hielt. Er wagte nicht, mich zu unterbrechen. Dabei vermochte er gar nicht, mich aus meiner Konzentration zu bringen.

Eine weitere halbe Stunde später hatten wir die Plattform des Doms erreicht. Die imposante Aussicht hielt meinen Begleiter gefangen, doch ich forderte zum sofortigen Abstieg auf.

Ich ging wieder voran, drei Stufen nach mir folgte der Freiherr. Erneut stockte ich in regelmäßigen Abständen, doch mein Schüler wagte immer noch nicht, zu fragen.

Der Abstieg verlief kaum kürzer, und als wir unten angekommen waren, notierte ich das Ergebnis.

„536 Stufen", gab der Italiener zu Protokoll.

Ich öffnete den Zettel in meiner Hand. 536 stand dort frisch geschrieben.

Isoldes Gesicht strahlte, wie die Sonne nur an den schönsten Sommertagen strahlen kann. Ganz im Gegensatz sah das Mienenspiel des Italieners aus. Der Freiherr jedoch blickte voller Fragezeichen drein. Ich zog ihn zur Seite.

„Bist du auch auf dieses Ergebnis gekommen, junger Schüler?"

„Nein, Herr Baedecker. Irgendwann bin ich aus dem Takt geraten."

„Das habe ich mir gedacht."

„Ich habe gesehen, dass Sie alle paar Stufen etwas gemacht haben", konnte er seine Frage nicht mehr zurück halten. „Aber was genau, konnte ich nicht sehen. Es kam mir vor, als hätten Sie etwas in Ihre Taschen getan."

„Mein junger Karl, du hast ein gutes Auge." Ich nahm seine Hand und füllte sie mit dem Inhalt meiner Hosentasche.

„Erbsen?" Der Freiherr blickte ungläubig drein.

„Alle 20 Stufen habe ich eine dieser Erbsen aus meiner Hosentasche in meine Brusttasche getan. So musste ich mir nur 20 Stufen merken. Als wir oben angekommen waren, hatte ich die Summe. Auf dem Rückweg vergewisserte ich mich jedoch, indem ich alle 20 Stufen die Erbsen zurück in meine Hosentasche füllte. So konnte ich mein Ergebnis bestätigen."

„Oh, Herr Baedeker, wenn ich das so sagen darf: Sie sind ein richtiger Erbsenzähler." Wir wollten in ein gemeinsames Lachen ausbrechen, als ich Isoldes Hand spürte. Sie hakte sich unter und führte mich zum Portal. Der Freiherr war nahebei, während der Italiener verharrte. Erst nach einigen Augenblicken folgte er.

Gerhard Roth
Von Hühnern und Menschen

Er hätte sie nicht gekauft, wenn er sie vorher gesehen hätte. Er bekam sie günstig über einen Bekannten. Acht Hühner der Rasse Leghorn, vier weiße und vier braune. Seine Enkel hatten sich so gefreut. „Sollen das Hühner sein, die sehen ja aus wie vom Mars," sagte einer. Die Federn waren ohne Glanz, spröde und gebrochen. Ihre blassroten Kämme rollten sich wie welkes Herbstlaub. Keiner verspürte Lust, die Hühner zu berühren, geschweige denn zu streicheln. Er nahm jedes Huhn in den Arm und schaute lange in dessen Augen. „Krank sind sie nicht, ihr werdet sie schon aufpäppeln." Die Enkel gingen wortlos aus dem Stall. Die Hühner blieben an den Stellen stehen, wo er sie aus dem Karton genommen und auf den Boden gestellt hatte. Sie pickten sich gegenseitig, eher unaufgeregt, als wäre ihnen der Standortwechsel völlig egal. Ihm war das Verhalten dieser sonst so flinken und neugierigen Tiere fremd. Er kannte diese Rasse.

Die Hühner blieben den ganzen Tag im Stall, auch am nächsten und den folgenden Tagen. Sie schliefen auch nicht auf den Sitzstangen, wozu auch? Er wird ihnen viel beibringen müssen, dachte der Alte. Nur das Eierlegen nicht, das hatten sie nicht verlernt. Allein für diese Tätigkeit wurden sie gezüchtet. In Gedanken zählte er auf, worauf sie alles verzichten mussten: freien Auslauf, kurze Rundflüge, Scharren nach Würmern, Sonnen- und Staubbäder, Tretakte, Aufzucht von Küken. Seine Enkel hatten recht, die kamen wirklich vom Mars. Er legte die Stirn in Falten. Beim Nachdenken ergriff ihn Ärger. Ärger auf Menschen, die Hühner allein um des Profites willen ausnutzten und missbrauchten. Er schämte sich für diese Menschen.

Der Alte sprach immer mit seinen Hühnern und sie gaben ihm Antwort. Er verstand sie. Wenn sie zufrieden waren, dann war auch er glücklich. Diese Hühner hatten nicht gelernt, sich mit Menschen zu verständigen. Und die Menschen hatten verlernt, mit Tieren zu sprechen. So gefühllos sind auch die Gesetze und Verordnungen, die sie den Tieren gaben. Sie hatten ausgerechnet, welchen Bewegungsraum ein Huhn benötigt und stritten sich um Zentimeter.

Seine Enkel malten seit einigen Tagen Plakate mit Käfigen. Einer fragte, ob er am Sonntag mit ihnen marschiere. Er überlegte, wann er zum letzten Mal marschiert war. Mit seinem Kameraden war er von Le Havre nach Hause gelaufen. Zerfetzte Wehrmachtsmäntel hatten wie verrupfte Federn an ihren Körpern gehangen. Sie waren noch am Leben gewesen und wurden daheim wieder aufgepäppelt.

Ja, antwortete er kurz. Mit ernster Miene, fast feierlich, lief er am Sonntag inmitten junger Leute durch die Straßen ihrer Kleinstadt. Passanten drehten den Kopf nach ihm um. Sein Gang wurde immer stolzer.

Stefan Valentin Müller
Georgs Uhr

Morgen früh breche ich auf. Es liegt ein weiter Weg vor mir. Nächste Woche ist mein dreiundachtzigster Geburtstag. Wie weit werde ich bis dahin gekommen sein? Wie lange tragen mich meine Füße? Tragen sie mich solange wie die von Georg?

Georg war so stolz auf seine Füße. Bis zum Schluss hatte er sie sich noch jede Woche von der Fußpflegerin machen lassen. Im Sommer ging er immer in Sandalen. „Den weiten Weg von Russland haben sie mich hergebracht," sagte er.

Beim Kartenspielen legte er zuerst die Uhr auf den Tisch, die silberne Taschenuhr. „Ohne meine Füße und ohne die Uhr wäre ich nicht hier," sagte er, „den Stundenzeiger musst du auf die Sonne richten, dann ist zwischen Zeiger und Zwölf genau Süden. So weißt du, wo Westen ist, zu jeder Tageszeit. Ohne meine Füße und die gute alte Wostok wäre ich jetzt nicht hier." Als er zurück war, erzählte er von einem Geschenk, später sagte er, dass er die Uhr einem russischen Bauern gestohlen habe. Hatte er ein paar Gläser Apfelwein getrunken, weinte er. „Ich wollte doch nur ein Stück Brot, es war niemand im Haus und da lag die Uhr auf dem Tisch. Ohne sie hätte ich nicht heim gefunden." Doch mehr gab er nicht preis. Auf der Rückseite war etwas in fremden Zeichen eingraviert. Georg schwieg dazu.

Die Uhr liegt auch jetzt auf dem Tisch. Es liegt alles auf dem Tisch, was ich brauchen werde. Die Stiefel und zwei Paar Wollstrümpfe, ein dickeres, ein dünneres. Ein Hemd zum Wechseln, Unterhemd, Unterhose, Strickjacke und Kappe. Eine Decke.

Sonntags trafen wir uns zum Schafkopf. Georg und Karl, Paula und ich. Im Goldenen Engel. Der heißt jetzt Landgasthof und die Städter kommen am Wochenende. Karten klopft dort keiner mehr.

Die letzten Jahre spielten wir bei Paula. Sie konnte schlecht laufen, hatte Wasser in den Beinen und offene Stellen, die nicht abheilten. Einmal die Woche kam die Schwester vom Roten Kreuz und schaute nach ihr. Paula jammerte nie. Nur einmal sagte sie, dass es nicht mehr auszuhalten sei. Wie heißes Öl, sagte sie. Wir saßen immer in der Küche. Das war der älteste Raum im Haus, hinter dem Putz waren die Wände noch ganz aus Lehm und Stroh. Paula war im Krieg in den Ort gekommen. Aus der Stadt. Sie heiratete den dicken Burger, auf Fronturlaub. Der war dann nimmer heimgekommen und Paula blieb im Dorf. Geheiratet hat sie nicht mehr.

Auf der Ablage der Eckbank standen zwei Bilder. Ein Porträt vom dicken Burger und ihr Hochzeitsbild. Der Burger in Uniform und sie in einem weißen Kleid. Hübsch war sie damals. Burger schaute ganz ernst in die Kamera, als ob er wüsste, dass er nicht mehr heimkommt. Im Sommer standen immer Blumen aus Paulas Garten bei den Fotos. Meist Ringelblumen. Am Hochzeitstag eine Madonnenlilie, die sie extra dafür zog. Im

Herbst Erika und im Winter Hagebutten oder Schlehen, die brachte ich ihr.

Ich lege die Zahnbürste auf den Tisch, ein Handtuch und ein Stück Seife. Streichhölzer, Taschenmesser und Geldbeutel für die Hosentaschen, auch das Schnupftuch, gewaschen und gebügelt.

Wenn wir uns bei Paula trafen, brachten entweder Karl oder ich den Apfelwein mit. Im Winter gab es Heißen mit Nelken und Zimtstangen und Zitronen, dann duftete die ganze Küche. Vermischt mit Georgs Zigarrenqualm. Georg machte keinen Apfelwein mehr, seit sein Sohn die Grundstücke mit den Bäumen verkauft hatte. „Wer sein Land verkauft, der verkauft auch seine Wurzeln", sagte er, wenn die Sache zur Sprache kam. Mir reichte ein Fass bis Martini, mehr machte ich auch nicht mehr. Karl hingegen kelterte noch immer mehrere Hektoliter von seinen Streuobstwiesen. „Fünf Prozent Birnen, der Rest Brettacher und Bohnapfel, das gibt den besten Stoff!" Georg schwor auf Schafnase und ein paar Speierlinge, die wuchsen hinter der Halmswiese. Ich hatte ein paar Wettringer Taubenäpfel und zwei Bäume mit Jonathan. „Neumodisches Zeug", meinte Karl, „doch trinkbar ist er."

Letzten Winter kam mir Karl entgegen auf der Straße zur Kohlwiese. Er trug Äste unter dem Arm. „Die schlag ich ein bis zum Frühjahr und pfropf sie dann auf. In zehn Jahren bringt mir jeder Baum zwei Zentner." „Dann bist du dreiundneunzig," sagte ich, „wer soll dir die Äpfel ernten?" „Um mir das zu überlegen, habe ich noch zehn Jahre Zeit."

Karl war nie aus dem Dorf hinausgekommen, nicht einmal bis zur Stadt. Er hatte nicht einrücken müssen, da er seinem älteren Bruder in der Kerbelmühle half.

Sie waren beide Junggesellen und mahlten das Korn bis sein Bruder hoch in den Neunzigern verstarb. Der war gerade vom Feld zurückgekommen, die Hacke auf den Schultern. Ein paar Meter vor der Mühle, die am Dorfrand liegt, war er zusammengebrochen. Nachbarn alarmierten den Notdienst. Wir legten ihn in das Gras, er atmete nicht mehr. Dann kamen die Sanitäter. Sie drängten uns, als wären wir Kinder, zurück und setzten ihm etwas, das wie eine Suppenschüssel aussah, auf die Brust und schrien: „Saft!" Der Körper des Kerbelmüllers schnellte in die Luft. Lag dann wieder reglos. Dreimal ließen sie ihn sich aufbäumen, dann verschwanden sie mit ihm unter Sirenengeheul, bevor wir so recht wussten, was passiert war.

Ich brachte Karl nach Hause. Hakte ihn unter. „Lasst mich in meinem Bett sterben," flüsterte er. In den letzten Minuten war er ganz klein und leicht geworden. Die Mühle mahlte nicht wieder, solange er lebte.

In eine leere Sprudelflasche fülle ich Apfelwein und stelle die Flasche, Brot und Käse zu den anderen Sachen auf den Tisch.

Als Paula in das Krankenhaus kam, wurde nicht mehr Schafkopf gespielt. Sie hatte Nierenversagen und erkannte niemanden mehr. Ihre Augen sahen aus wie Milchglas. Später, als die Madonnenlilien fast aufgegangen waren, ging ich in Paulas Garten und grub eine aus. Eine junge Frau kam aus dem Haus und rief: „Wer sind Sie? Was haben Sie in meinem Garten zu suchen?" Ich hatte die Frau noch nie gesehen. Sie stellte sich in das Gartentor und versperrte mir den Weg. Ich blieb vor ihr stehen und schaute sie an.

„Ich möchte eine Lilie auf Paulas Grab pflanzen." Da machte die Frau mir Platz.

Neben Paulas Todesanzeige hängt die von Karl. Ich stecke beide in den Geldbeutel zu dem Foto von Georg und mir, vor Karls Mühle, als die Fernsehleute da waren.

Karl starb kurz danach. Er hatte seine Bäume geschnitten und war dabei von der Leiter gestürzt. Oberschenkelhalsbruch. Sie setzten ihm ein künstliches Hüftgelenk ein. Der Oberschenkelknochen brach direkt darunter aus, als Karl aufzustehen versuchte. Zu einer weiteren Operation ließ er sich nicht überreden. So brachten sie ihn nach Hause. Seine Schwester kam einmal am Tag vorbei, manchmal auch ihr Sohn. Bei meinem letzten Besuch sagte Karl: „Mir schmeckt der Apfelwein nicht mehr."

Seine Schwester fand ihn im Keller der Mühle. Er hatte sich irgendwie die Treppe hinuntergeschafft und an allen Fässern die Hähne geöffnet. Er lag einen Tag und eine Nacht in dem Matsch und starb kurz darauf an einer Lungenentzündung. Er starb auf der Intensivstation im Krankenhaus. So weit war er noch nie gereist.

Heute mahlt die Mühle wieder. Karl hätte seine Freude gehabt. Sein Neffe mahlt nach Feierabend Korn für die Öko-Bauern, Bioland-Getreide. Sie waren sogar mit einem Fernsehteam da und filmten die Mühle. Ich habe vergessen, wann es ausgestrahlt werden soll. Ich war mit Georg da, bevor das mit seinen Beinen anfing. Die Leute vom Fernsehen sagten, wir sollen uns auf die Bank vor der Mühle setzen, dann kommen wir auch in den Film. „Was soll ich im Fernsehen?", sagte Georg, setzte sich dann aber doch hin. Er stützte sich auf den Stock und streckte die Beine aus. „Sind die Füße auch drauf? Die haben mich von Russland bis hierher getragen!" Die Leute vom Fernsehen lachten.

Georgs Fußpflegerin merkte es zuerst. Seine Füße bekamen schwarzblaue Flecken und das Nagelhorn wurde ganz weich. Sie mussten ihm die Beine abnehmen. Erst nur unten, dann bis zum Knie.

Ich besuchte ihn im Krankenhaus. Er hatte ganz dünne Arme und eine Haut wie Papier. „Ich komme hier nicht mehr raus," sagte er. Das Sprechen fiel ihm schwer. Er deutete mit müder Geste auf seinen Nachttisch. „Nimm die Uhr. Sage meinem Sohn, er soll sie zurückbringen, vielleicht hört er auf dich." „Aber wohin? Wohin, Georg?" „Nach Morsnetsk. Am Fluss Wol", flüsterte er.

Auf Georgs Beerdigung lachte mich sein Sohn aus. „Bring sie selber hin, wenn du magst, ich schenk dir die Uhr."

In der Nachbarschaft von mir lebt eine stille, russische Familie. Ihre Augen können die fremde Schrift auf der Rückseite der Taschenuhr lesen. Ein Name: Sascha Sokolov.

Ich schrieb einen Brief, die Nachbarn übersetzten. Bald kam ein Schreiben vom Flüsschen Wol. Wieder ging ich zu der stillen Familie. Der Bürgermeister von Morsnetsk hatte geantwortet. Sascha Sokolov war lange schon tot. Erschlagen von einem deutschen Soldaten auf der Flucht. Von einer Uhr wüsste er nichts. Aber ein Sohn lebte noch im Nachbardorf.

Ich betrachte noch einmal alles, was ich mitnehmen will. Es ist gut so. Die Schafkopfkarten lege ich ganz unten in den Rucksack, dann die Wechselwäsche. Oben die Decke. In den beiden Außentaschen das Essen und den Apfelwein. Ich habe noch einen weiten Weg vor mir.

Dietmar Rehwald
Aufgestauter Atem

Es ist ein von kühlfeuchter Trübe gesättigter Novembermorgen. Die Sonne scheint schon seit Tagen nicht mehr die Kraft zu besitzen, ihre Strahlen zu verbreiten. Schemenhaftes Licht verklärt den Morgen zu einem Tag, der keiner zu werden verspricht.

Gemächlich geht er die Straße entlang, überquert den Main, hält auf halbem Wege inne, stützt seine Unterarme auf das Brückengeländer, faltet sie, blickt in das dampfende Wasser, aus dem unvermittelt Lastkähne auftauchen, gleich Geisterschiffen, deren Motoren gedämpft tuckern und die jenseits der Brücke von Nebelschwaden verschluckt werden.

Er läuft durch Straßen, Nebenstraßen zumeist, läuft solange, bis der schwärzliche, von Straßenlaternen gegilbte Morgen umschlägt in gräuliches Dämmern. Gelächter, von irgendwo schallt Gelächter herüber. Vorsichtig geht er weiter, angespannt nach rechts und links blickend, aus Angst, er könnte plötzlich in einer Häuserschlucht verloren gehen. In einem erleuchteten Fenster sieht er eine Frau. Sie blicken sich kurz an. Als sie ihm einen guten Morgen wünscht, hellt sich die Tristesse für Augenblicke auf, bevor Nebeltröpfchen das Bild erneut zersetzen.

In einem Wartehäuschen sitzt ein Hutzelmännchen, zusammengeknäult wie weggeworfenes Zeitungspapier. Er setzt sich zu ihm. Gemeinsam warten sie. Der Alte wirkt verhärmt. Erst als er eine Packung Weingummis aus seiner abgegriffenen Kunstledertasche herausholt und die Weintaler genüsslich kaut, entspannen sich seine Gesichtszüge. Gerne hätte er den Alten umarmt. Als der Bus kommt und der Weingummimann einsteigt, blickt er ihm lange nach. Dann steht er auf und geht.

Er sieht das Leuchtzeichen eines Cafés am Ende einer Häuserflucht, auf dem ein schwarzer Kaffeepott abgebildet ist. Die Türschwelle überschreitend, vernimmt er den Ton der Glocke, und fühlt sich gleich wohlig aufgenommen von diesem Raum. Er bestellt einen Darjeeling und zwei Croissants dazu, blickt kurz aus dem Fenster, steht auf, geht zum Zeitungsständer, nimmt sich die Zeitung mit der Tatze drauf, legt sie an seinen Tisch, sucht die Toilette auf, und hofft bei seiner Rückkehr, das Bild dampfenden Tees an seinem Platz vorzufinden. Er findet das vorgestellte Bild, setzt sich mitten hinein in dieses Bild, beobachtet die Schlieren auf der Teeoberfläche, die immer wieder neue, faszinierende Formen annehmen.

Erneut sieht er aus dem Fenster. Frühmorgendliche Menschen gehen in hastigen Schritten auf ein imaginäres Ziel zu, und er fragt sich, was sie antreibt, dieses Ziel zu erreichen. In geduckter Haltung, eingewickelt in wärmende Stofflichkeit, huschen sie an ihm vorüber, so als versuchten sie, der nässenden Kälte möglichst wenig Angriffsfläche zu bieten. Atem kriecht aus ihrem Innern, ein körperwarmer Brodem, der in der angehauchten Luft augenblicklich kondensiert. Flüchtig schwebt er vor ihnen, um sich wenig später hinter ihrem Rücken als transparenter Atemfleck im grauen Einerlei aufzulösen. Manchmal geschieht es, dass ein neuer Atem in der Luft hängt, noch bevor die letzte Ausatmung sich verflüchtigt hat, so dass zwei Atemknäule in der Luft hängen. Er stellt sich vor, wie es wohl wäre, in den Hauch dieser Vorübergehenden einzutauchen, wie er wohl roch, wie er schmeckte, dieser ausgehauchte Lebenswind, der aus finsteren Tiefen empor steigt, an Eingeweiden entlang streicht, um als menschlicher Dunst in die Atmosphäre abgegeben zu werden. Nein das will er nicht, er will nicht in die Ausdünstungen dieser Menschen eintreten, um am verbrauchten Kondensat ihrer grotesken Existenz zu schnuppern.

Ganz versunken betrachtet er die Sahnewölkchen in seinem Tee, verliert sich in den Wirbeln, die ihn an Spiralgalaxien denken lassen. Erst das Vernehmen des Türglöckchens lässt ihn wieder zurückkehren aus der Tiefe der Teetasse. Als sie an ihm vorübergeht, streift ihr Mantel seinen Tisch. Sie setzt sich vor den alten Kaffeeröster im hinteren Teil des Cafés. Mehrere Male atmet er tief ein, so als wolle er wahrnehmen, ob von ihr ein angenehmer Geruch ausgeht. Sein Blick richtet sich wieder nach draußen auf die Gasse. Eine Taube landet vor dem Fenster, sucht nach Essbarem. Sie hinkt, ihr rechtes Bein scheint nur noch ein Stummel zu sein. Er reißt ein Stückchen aus dem Croissant, geht vor die Tür und wirft es der Taube hin. Ein Vorbeieilender sieht ihn vorwurfsvoll an.

Während er wieder eintritt, sieht er zu der Frau. Mantel, Hut und linken Handschuh hat sie anbehalten. Vor ihr steht eine Tasse Kaffee, die verloren wirkt, auf dem großen runden Tisch. Sie nimmt die Tasse in die rechte Hand, blickt in das schwarze, dampfende Rund, richtet ihren Kopf ein wenig auf und sieht in Richtung Fenster, wo ihr Blick zwangläufig auf ihn treffen muss, der jetzt die Zeitung aufgeschlagen hat.

Ohne besondere Anteilnahme überfliegt er die ersten Seiten, nicht wirklich verstehend was dort geschrieben steht, riecht an dem druckfrischen Papier, dessen Geruch am nächsten Tag bereits verflogen ist und durch eine neue Tageszeitung aufgefrischt werden muss. Auf der letzen Seite, im Panoramateil, findet er diese kleine Randnotiz, in der über eine Frau berichtet wird, die mehrere Monate tot in ihrer Wohnung gelegen hat. Nachdem sich einige Bewohner des Hauses über den unangenehmen Geruch im Treppenhaus beschwert hatten, öffnete der Hausmeister die verdächtige Wohnung und fand eine bereits sichtbar verweste Frau in einem Sessel sitzend vor. Ihr Fernseher lief noch. Der neben ihr liegende Hund befand sich ebenfalls in einem verwesenden Zustand. Auf dem Tisch lagen ungeöffnete Weihnachtsgeschenke, die sie sich wohl selbst geschenkt haben musste. Ebenso musste sie sich die Weihnachtskarten selber zugeschickt haben, da die Absender nichts von der Existenz dieser Frau wussten. Eine Randnotiz, dachte er.

Über den Rand der Zeitung blickend, beobachtet er die Frau, hebt die Zeitung an, senkt sie erneut ein, zwei Spaltenbreiten ab, so als geschähe dies rein zufällig. Auf der Straße sieht er ein Paar, Hand in Hand. Der Mann zieht die Frau hinter sich her, so dass das Verhältnis beider jeden Augenblick auseinander zu brechen droht. Ihm fallen die Frauen ein, mit denen er in den letzten Jahren eine Liaison eingegangen war und deren Spuren sich alsbald im Gewimmel der Stadt verloren hatten. Zuletzt war er mit dieser Kunststudentin zusammen gewesen, die jedes Mal, während sie miteinander vögelten, Wörter hervorbrachte, die ihm unangemessen erschienen. Noch lästiger fand er es, wenn sie zusammen ins Museum gingen. Ihre Worte über die Bilder machten etwas anders aus ihnen, hielten ihn davon ab, sie als das zu sehen, was sie waren: schöner Schein.

Und wieder blickt er über den Zeitungsrand hinweg. Es ist nur eine Frage der Zeit, bis sich ihre Blicke in einer gemeinsamen Sehlinie treffen werden. Gerne hätte er sich einmal aus ihrer Sicht betrachten wollen, wie er sie angaffte, es zu verheimlichen suchte, ganz betroffen war von ihrem Anblick. Dabei hätte er ihr signalisieren müssen, dass er zurzeit weder liebesbedürftig noch liebenswert ist.

In immer kürzeren Abständen fallen ihm die Augen zu. Jedes Mal wenn er sie wieder öffnet, nimmt er das Geschehen auf der Straße verlangsamt wahr, so als würden die dem Gedächtnis übermittelten Bewegungsbilder allmählich einfrieren und zu unscharfen Fotografien werden. Die vergangene Nacht steckt ihm in den Knochen. Schwerfällig steht er auf, lässt sich von den Fugen der Fliesen zum Zeitungsständer führen. Als er die Zeitung wieder einhängt, fällt sein Blick auf ihre Beine, die, leicht zur Seite geneigt, am schwarzen Fußgestell des Tisches lehnen.

Er geht zur Toilette, tastet vergeblich nach dem Lichtschalter, weiß, dass es da einen geben muss, findet ihn endlich, stellt sich vor das Pissoir. Im Hinausgehen beschließt er, über sie hinwegzusehen, nimmt das Bild über ihr wahr, auf dem sich mehrere Menschen in einer Bar befinden. Wie ein Idiot fummelt er auf der Ablage herum, auf der jede Menge Broschüren liegen, in denen geschrieben steht, welche Vergnügungen möglich wären. Die Menschen in der Bar scheinen nicht miteinander zu reden, ihre hellen Gesichter wirken ungerührt. In seinem unteren Gesichtsfeld bewegt sich die Frau, die in den Taschen ihres grünen Mantels kramt, den sie inzwischen über die Stuhllehne gehängt hat. Sie blickt ihn an. Er weiß keinen anderen Ausweg als seinen Blick in die marmorierte Tischplatte zu verbohren. Als er seinen versteinerten Blick wieder herauszieht und schwerfällig zu seinem Tisch zurückgeht, ahnt er, dass sie jeden Moment gehen wird.

Kurz vor dem Tisch dreht er sich um, sieht sie aufstehen, stürzt auf sie zu, hält ihrem Blick stand, hilft ihr zitternd in den Mantel, bemerkt die Wirkpelzverbrämung an Ärmel und Revers, möchte diesen Augenblick eingeschlossen wissen, gleich einer Mücke im Bernstein. Zum ersten Mal hört er ihre Stimme, geht einen Schritt zurück, fragt, ob sie mit ihm zu der Ausstellung in der Kunsthalle gehen möchte. Und noch bevor er zweifeln kann, ob es diese Frage je gegeben hat, antwortet sie, mit diesem wunderbaren Wort.

Er hält ihr die Türe auf, sagt, dass er noch einmal hinein müsse. Die Nachtschwärmer sitzen im kalten Gelb des Innenraumes, das sie angelockt hat, weg von einer türkisgrünen Außenwelt. Als er wieder aus dem Café kommt, ist sie gerade dabei, sich die schwarzen Handschuhe über ihre feingliedrigen Finger zu streifen. Schweigend gehen sie durch die Straßen. Mehrmals versucht er, eine ihrer Atemwolken aufzuschnappen, atmet mit offenem Mund, nimmt keinerlei Geruch wahr, nur die kalte Luft, die in seine Nase strömt.

Erste zaghafte Worte fallen. Sie sagt, er wirke betrübt. Ihm gefallen ihre melancholischen Augen. Als sie durch den Park gehen, erzählt er von der Randnotiz, von dem Mann mit dem Weingummi. Sie hört ihm aufmerksam zu, sagt, sie habe heute Morgen einen grau uniformierten Mann im Bus gesehen. Einen Nachtwächter vielleicht. Der hielt eine Warmhaltekanne in der Hand und goss sich einen letzten Schluck in den Becher. Der Mann, sagt sie, sah aus wie eine grob geschnitzte Marionette, die nur noch selten zum Spielen hervorgeholt wird.

Er beobachtet ihren Atem, wie er in kleinen Wolken ihrem Mund entströmt, spürt dieses behagliche Gefühl und denkt: „Dies ist die erste Frau, die im Reden schweigen kann." Wortlos stehen sie vor den Gemälden, blicken sich an, als hätten sie eine stille Übereinkunft getroffen. Die Bildstörung, die er befürchtete, bleibt aus. Wenn er ganz im Bilde ist, hat er das Gefühl, als hielte die Zeit im Moment des Betrachtens inne. Unauffällig dreht er seinen Kopf, um ihr dabei zuzusehen, wie sie das mehrfigurige Tafelbild mit dem Titel „Konspiration" betrachtet, und er denkt: „Dies ist die pure Ästhetik des Erscheinens." Sie verlassen die Ausstellung, laufen am Main entlang. In Höhe des Pompejanums, an einer Engstelle, wäre sie beinahe von einem Fahrradfahrer angefahren worden, hätte er sie nicht rechtzeitig zur Seite gezogen. Wenn er zu ihr spricht, ist ihm, als spräche er zu sich selbst.

Sie gehen in gedehnten Räumen und gestundeter Zeit. Plötzlich beschleunigt er seinen Schritt, wartet, bis sie ihn eingeholt hat, legt seine Hände leichtgewichtig auf ihre Schultern und haucht seinen Atem, kurz nachdem sie ausgeatmet hat, hinein in ihren Atem. Sie tut es ihm nach, pustet behutsam ihren Atem in den Seinen. Er hat das Gefühl, als wäre er in eine neue Zeit eingetreten, auf die sein ganzes Leben zugelaufen ist.

Im Treppenaufgang streicht sie über das hölzerne Geländer, bringt ihr Wohlgefallen darüber zum Ausdruck. Er streicht ihr über die Hand.

Still ist es. Er dreht seinen Kopf, so als wolle er sich vergewissern, dass sie noch da ist, erblickt ihre über das Kopfkissen hingegossenen Haare, ihren schmalen Rücken, auf dem sich deutlich ihre Wirbelsäule abzeichnet. Ihr Sonnenbein reicht bis zu den Kniekehlen. Er steht auf, zieht Hose, Hemd und Schuhe an, setzt sich an den Rand der Liege, in der Hand ein Buch, liest darin, legt es wieder weg, liest erneut, legt es endgültig aus der Hand. Sie schläft, atmet gleichmäßig und tief. Er beugt sich über sie und hält seine Nase ganz dicht vor ihren Mund.

Christine Mai
Agnes

„Nein, Herzog Ernst. Ihr könnt nicht einfach ..."

Die Stimme meiner Zofe unterbricht meine Gedanken. Das Trampeln vieler Füße. Dann wird die Flügeltür zu meinen Gemächern aufgerissen. Herzog Ernst I. von Bayern-München stürmt herein und kann seinen Schwung erst kurz vor mir stoppen. Die weiten Ärmel seines schwarzen Wams' sind nach oben gerutscht. Das Barett sitzt schief auf seinem Kopf. Ich hätte ihm mit bloßen ausgestreckten Händen entgegenkommen sollen, um ihm den notwendigen Respekt zu zollen, aber dafür ist es zu spät.

„Was führt Euch hierher?", frage ich kühl. „Ihr habt Albrecht verfehlt. Er reitet schon gen Ingolstadt."

„Ich komme nicht meines Sohnes wegen." Seine Augen wandern unverhohlen über mich hinweg. Die Beleidigung in seinem Blick klebt wie Jauche auf meiner Haut. Ich schlucke und hole tief Luft.

„Bernauerin, es geht um Euch", spricht er. „Zu lange habe ich mir Eure Dreistigkeiten gefallen lassen. Ihr residiert hier in Straubing, als wäret Ihr die Kaiserin. Kein Respekt. Kein Respekt. Doch damit ist es vorbei. Ihr werdet auf der Stelle dieses Schloss verlassen und Albrecht nie wiedersehen!"

Mit seinen letzten Worten ergreift er meinen Arm. Ich reiße mich los. Mein Herz rast, trotzdem gelingt es mir, fest zu antworten:

„Albrecht ist mein Gemahl! Wir sind auf immer miteinander verbunden."

„Ha! Diese angebliche Hochzeit, die niemand bezeugen kann." Herzog Ernst spuckt vor mir aus. „Das war nicht Recht und das wisst Ihr. Ihr müsst meinen Sohn mit einem Zauberbann belegt haben. Anders ist nicht zu verstehen, dass er sich mit Euch einließ. Der Tochter eines Baders! Wie konnte er nur? Eine Metze…"

„Mag sein, dass ich Euren Ansprüchen nicht genüge", sage ich kalt. „Aber das tut nichts zur Sache. Albrecht ist erwachsen, nicht mehr der kleine Junge, der sich von Euch und Euresgleichen einschüchtern ließ. Ich bin seine Gemahlin und somit die rechtmäßige Herzogin zu Bayern-Straubing. Ihr könnt nichts unternehmen, um etwas daran zu ändern."

„Ich könnte Euch fesseln und einsperren lassen."

„Ich wäre immer noch mit Albrecht vermählt."

„Ich könnte Euch vor Gericht stellen und zum Tode verurteilen lassen."

„Was wollt Ihr mir vorwerfen?", frage ich verächtlich. „Dass ich meinen Mann liebe und er mich? Dass ich – nach Euren Worten – nicht standesgemäß bin? Auf einmal? Wir sind seit 1431 verheiratet. Seit vier Jahren! Die ganze Zeit hat es Euch nicht weiter interessiert. Warum also stört Ihr Euch jetzt daran?"

„Ihr wisst, dass ich mit Albrechts Wahl nie einverstanden war. Nicht umsonst habe ich ihm voriges Jahr die Teilnahme am Ritterturnier zu Regensburg verwehrt. Schmach und Schande habt Ihr über meine Familie gebracht."

„Als ob es Euch darum ginge! Das Erbe Eures Bruders ist es, nach dem Ihr geifert. Seit Wilhelm III. verschied, umgeht Euch die Angst, Albrecht könne den Nachlass allein an sich reißen. Ich bin Euch bei Euren Plänen doch nur im Weg."

„Schweigt!"

„Ich lasse mir von Euch nicht den Mund verbieten. Ihr könnt mir nichts anhaben. Ich habe nichts getan, wofür mich ein Richter verurteilen würde."

„Seid Euch nicht so sicher. Ich weiß, wie ich meine Ziele erreichen kann."

„Natürlich. Mit einem gekauften Schergen! Wie viel Silberlinge bin ich Euch denn wert? Dreißig? Wenn Albrecht erfährt, was Ihr Euch herausnehmt..."

Eine Bewegung. Das Rascheln seines Ärmels. Ich taumele gegen das Fenster. Meine Wange glüht vor Schmerz und Scham. Herzog Ernst wischt seine Hand an seinem Gewand ab, als wolle er Schmutz abstreifen. Ohne ein weiteres Wort wendet er sich ab.

„Das werdet Ihr bereuen!", schreie ich. „So könnt Ihr mit mir nicht umspringen!"

Aber er hat den Raum schon verlassen. Zwei seiner Leibgarden stürmen herein, reißen meine Arme nach hinten, stopfen mir ein Tuch in der Mund. Dann zerren sie mich aus meinen Gemächern heraus. So sehr ich mich auch wehre, es gibt kein Entrinnen. Sie schleifen mich die Stufen zu meinem Keller hinab. Mit dumpfem Dröhnen wird eine Tür hinter mir zugeschlagen.

Mein Körper bebt in der Dunkelheit. Zitternd lehne ich an der feuchten kalten Mauer. Tränen brennen in meinen Augen. Der ekelhafte Geschmack des Knebels lässt mich würgen.

Unfassbar, was hier passiert. Wie kann es mein Schwiegervater wagen, mir so etwas anzutun! Ungeheuerlich! Natürlich weiß ich, dass ich als Tochter eines einfachen Baders nicht standesgemäß bin für Herzog Albrecht III. zu Bayern-Straubing. Eine höhere Macht ist stärker gewesen. Albrecht hat mich erwählt und zu seiner Frau genommen. Wie glücklich die letzten Jahre doch waren. Es darf nicht sein, dass es so endet!

Die Nacht dauert ein Jahrtausend.

Am nächsten Morgen noch vor Sonnenaufgang führt man mich zum Gerichtsgebäude. In meinem verdreckten stinkenden Gewand werde ich durch die morgenstille Stadt getrieben wie ein Stück Vieh. Ich hoffe immer noch, auf Gerechtigkeit zu treffen. Aber mein Richter gehört weder dem Straubinger Stadt-, noch dem kaiserlichen Reichsgericht an. Herzog Ernst macht keine halben Sachen. Als die Anklagepunkte verlesen werden, weiß ich, dass ich verloren habe:

„Mordversuch an Herzog Ernst. Das ist Hochverrat. Ich verurteile Euch zum Tod durch Ertränken."

Kein Gericht der Welt hätte mich wegen meiner Ehe mit Albrecht zum Tode verurteilt. Als Frau gelte ich nicht als voll straffähig. Bestenfalls hätte mir die Ausstäupung gedroht oder mir wären die Haare abgeschnitten worden. Das wäre jedoch nicht in Herzog Ernsts Sinne gewesen, der seinen Sohn frei und ungebunden für eine wirklich standesgemäße Ehe wünscht. Hochverrat dagegen wird immer und überall mit dem Tode bestraft. Es gibt keine Rettung mehr.

Kaum hat der Richter den Punkt gesetzt, ergreift mich auch schon der Henker und zerrt mich aus dem Gebäude hinaus zum Fluss. Es ist immer noch still. Keine Menschen in den Gassen. Keine Zeugen. Niemand wird je erfahren, was wirklich passiert ist. Und Albrecht? Mein Herz sticht. Ich werde Albrecht nicht wiedersehen. Werde nicht von ihm Abschied nehmen können. So kurz nur unsere gemeinsame Zeit. Warum habe ich sie ungenutzt verstreichen lassen? Einen Erben hätte ich ihm schenken können. Aber dafür ist es zu spät. Nichts wird bleiben, was an mich erinnert. Niemand wird je wissen, wie sehr ich ihn geliebt habe.

Auf der Straubinger Brücke fesselt der Henker meine Füße aneinander und stößt mich nach vorne. Die Donau. Eiskalt. Gierig dringt das Wasser in meine Kleider, zieht mich wie einen Stein nach unten. Ich zerre. Strampele. Da! Eine der Fußfesseln reißt. Ja! Ein Fuß ist frei. Ich kann schwimmen. Schwimme. Tauche auf. Luft! Luft! Das Wasser rinnt in meine Augen. Die eben aufgehende Sonne blendet mich. Ich weiß keine Richtung. Egal. Strampele mit den Beinen und wende mich nach links. Ein Stoß. Noch ein Stoß. Da. Das Ufer. Vor Erleichterung schreie ich auf. Ein Stück nur. Lass es mich erreichen. Noch immer zerre ich an den Fesseln, die meine Arme auf den Rücken halten. Gleich, gleich, man wird mir helfen. Etwas stößt auf meinen Kopf und drückt mich unter Wasser. Nein. Ich ...

Stefan Valentin Müller
Midoris Vater

Das Boot stampft durch die Wellen. Der starke Honda-Außenborder jault auf, wenn die Schraube auf einem Wellenberg kurz in der Luft durchdreht. Ein absurder Augenblick, um zu lachen. Aber ich kann mich nicht zurückhalten, es ändert doch nichts mehr. Ich muss über Midoris Brüder lachen, besser über die Vorstellung, die ich mir von ihnen gemacht hatte. Zwei schweigsame Männer mit Hüten aus Reisstroh, die in einem schmalen Boot auf einem Fluss dahinpaddeln, ein Kormoran sitzt am Rand des Bootes, die untergehende Sonne lässt die Szenerie wie einen Scherenschnitt erscheinen. Dieses Bild trug ich in mir, wenn ich an Midoris Brüder dachte, nun lache ich in zwei derbe Gesichter, deren Besitzer ein öliges Motorboot auf das Meer lenken, eingehüllt in speckige Wachsjacken. Sie rufen sich etwas zu und grinsen, dann tritt mir der Größere in die Seite. Ich falle nach hinten, liege wie ein Käfer auf dem Rücken. Das Tau schneidet in Hände und Arme. So liege ich und warte, bis sie weit genug vom Land entfernt sind, um zu wenden und ohne mich zurückzukehren. Ich habe mir nicht nur von Midoris Brüdern ein falsches Bild gemacht, sondern von allem, nur nicht von ihr, Midori. Sie ist noch immer wie zu Anfang.

Wir lernten uns im Leipziger Zoo kennen. Es war so romantisch, wie es sich anhört. Im Schlangenhaus herrschte tropische Hitze und Midori fächelte sich Luft zu. Sie saß auf einer Bank, ganz gedankenverloren, so entrückt und doch aufrecht und gesittet und voller Anmut. Ich setzte mich dazu und sprach sie an. Es war einer dieser seltenen Momente, in denen sich zwei unbekannte Menschen auf Anhieb verstehen. Nach wenigen Wochen zog Midori bei mir ein. Bis dahin hatte sie in einem kleinen Zimmer über dem japanischen Restaurant, in dem sie arbeitete, gewohnt. Midori brachte nur einen kleinen Koffer mit. Das war alles, was sie besaß. Ich musste ihr nur wenig Platz im Kleiderschrank einräumen, mehr beanspruchte sie nicht. Wenn wir uns liebten, war es wie ein Bad in einem kühlen, nächtlichen See. Ich stieg hinab zu diesem stillen, hellen Leib, der mich schweigend empfing. Sie sprach nie dabei, doch wenn sie lächelte danach, wusste ich, dass es gut für sie war. Wenn Midori frei hatte, kochte sie für uns. Manchmal ging ich in das Restaurant und beobachtete, wie sie in ihrem Kimono die Gäste bediente, beinahe scheu. Ein, zweimal pro Woche telefonierte Midori mit ihrer Familie in Japan. Nach einiger Zeit konnte ich am Tonfall ihrer Stimme erkennen, mit wem sie gerade sprach. Lebhaft, offen, selbstbewußt mit ihren Brüdern. Dabei lachte sie auch manchmal. Die Gespräche mit der Mutter waren von einem eigenen Ton durchzogen, beinahe ungeduldig, vorwurfsvoll. Bei ihrem Vater sprach sie eine Oktave höher, hell, klingend wie ein Kind, zurückhaltend, dabei, wie soll ich sagen, hingebungsvoll, süß, sahnig. An manchen Abenden sprach sie nur mit ihrem Vater. Danach war sie immer ganz still. Sie blickte aus dem Fenster als blicke sie in eine unendliche Ferne, bis auf die andere Seite der Welt.

Das abgehackte Lachen des jüngeren Bruders dringt durch das Dröhnen der Wellen und des Motors an mein Ohr. Er lacht wie eine Ziege. Seine kleinen, kräftigen Hände packen mich am Kragen und reißen mich auf die Beine. Jetzt ist es soweit, denke ich. Aus zwei zusammengekniffenen Schlitzen blickt er mich an, böse, ernst. Er ist einen Kopf kleiner als ich, gedrungen, gefährlich. Sein Mund platzt auf, lacht, lacht sein Maschinengewehrlachen und stößt mich auf die Bank an der Reling. Das Boot schlingert, ich wanke, bis ich mich mit meinen Füßen gefangen habe und aufrecht sitzen kann.

An den Tagen, an denen Midori nicht mit ihrer Familie telefonierte, war es licht und voller Freude. Ihr Lachen flatterte von ihrem kleinen Mund wie ein bunter Schmetterling und erfüllte klingend den Raum. Doch nach den Telefonaten verdunkelte eine unbestimmte Trauer die Luft und machte das Atmen schwer. Und immer saß sie am Fenster und blickte in diese fremde Ferne. Ein Freund meinte, dass Midori Heimweh haben könnte. Daraufhin versuchte ich ihr ein wenig Heimat zu schenken. Ich sägte den Tisch ab, warf die Stühle weg und kaufte stattdessen Sitzkissen, legte den Boden mit Strohmatten aus und klebte Reispapier an die Fenster des Schlafzimmers und im Bad. Midori lächelte und auf meine Frage, ob es ihr gefiel, antwortete sie ihr danke, sehr schön. Diese Worte, die sie immer Frau Leitner antrug, wenn sie Midori wieder ein paar abgetragene Kleidungsstücke geschenkt hatte. Die konnten doch nichts mitbringen, sagte Frau Leitner einmal zu mir, auf ihren Booten. Ich wusste nicht, von welchen Booten sie sprach.

Das Heck schießt fast gerade nach oben, die Wellen werden höher. Ich kann mich nicht halten und rutsche nach hinten. Einer der Brüder gibt mir einen Tritt, ich stürze auf die Planken, in die handhohe Brühe aus Salzwasser und Diesel und Fischabfällen. Für einen Moment weiß ich nicht mehr, wo oben und unten ist, als das Boot wieder in ein Wellental rast und ich den Horizont senkrecht hinter meiner Schulter sehe.

Mein Vater ist sehr krank, sagte Midori, als ich sie an den Schultern packte und schüttelte. Sie war zuvor stundenlang da gesessen und hatte zum nächtlichen Horizont gestarrt. Sie telefonierte jetzt fast jeden Tag mit ihm. Ihre Stimme war ganz leise dabei. Wie eine Grille, kam mir einmal in den Sinn, worauf ich laut lachen musste. Als ich Midori anblickte, hatte sie Tränen auf ihrer Wange. Dann flog sie nach Japan. Sie müsse ihren Vater noch einmal sehen, solange es noch ginge. Sie vermied das Wort Sterben und kam nach zwei Wochen zurück. Es gab wieder Abende, an denen sie nicht telefonierte, es gab wieder eine Midori, deren Lachen durch den Raum flatterte, aber meist saß sie am Fenster und blickte vergessen nach draußen. Nach einem Gespräch mit ihrer Mutter weinte sie und teilte mir mit, dass sie wieder nach Hause fliegen müsse. Was heißt nach Hause, dachte ich, und schon wieder das viele Geld für den Flug, doch ihre Tränen weichten meinen Ärger auf wie Papier. So flog Midori. Als sie nach zwei Wochen zurückkam, brachte sie das Wort Sterben mit. Mein Vater wird bald sterben, sagte sie und telefonierte mit ihrer Familie. Ich wünschte mir, dass er sterben würde, damit es wieder wie früher werden könnte. Doch er starb nicht.

Meine Kleidung ist durch und durch nass. Ich habe keine Kraft mehr, mich zu halten und mein Körper rollt auf dem Boden des Schiffes in der stinkenden Brühe umher. Der Größere richtet mich auf und schleift mich in den Bug des Bootes. Er hat eine Flasche Reisschnaps in der Faust und trinkt. Das abgehackte Lachen des anderen bohrt sich in mein Ohr. Dann beugt sich Midoris Bruder zu mir und drückt seine Lippen auf meine. Ich rieche den Alkohol, Schweiß und Rasierwasser. Dann spüre ich, wie die Flüssigkeit in meinen Mund dringt. Er drückt mir durch die Lippen den Reisschnaps in den Mund. Ich bin so erstaunt, dass ich mich wie ein Vögelchen füttern lasse. Der Schnaps rinnt die Kehle hinab, erfüllt den Bauch mit Wärme. Es tut gut, ich möchte ihm danken, doch meine Stimme ist zu schwach und außerdem spreche ich kein Japanisch.

Dann sagte Midori, dass es an der Zeit wäre, sie müsse sofort nach Japan. Ihr Vater würde jetzt sterben. Endlich, dachte ich und sagte ihr, dass ich sie diesmal begleiten würde. Midori blickte mich verwundert an, danke, sehr schön. Der lange Flug, die vielen Menschen, die U-Bahnen, der Straßenverkehr, die fremde Sprache, die Familie, die Wohnung. All das versetzte mich in einen Schwindel, aus dem ich nicht mehr herausfand. Ich hatte mir Midoris Elternhaus anders vorgestellt. Mit Papier bespannte Wände und Türen, Tatamibedeckte Böden, ein Garten mit einem Findling vor der hölzernen Terrasse. Was ich vorfand, war eine winzige Wohnung in einem grauen Hochhaus, das den Blick auf andere Hochhäuser freigab, an dem der Verkehrslärm der immerwährenden Rush-Hour hochbrandete und die Streitereien der Nachbarn durch die Betonfluren hallten. Midoris Vater lag in einem schmalen Bett, in einem dunklen, fensterlosen Raum, der kaum Platz bot, sich umzudrehen. Der Qualm von Räucherstäbchen konnte den Geruch von Urin, Krankheit und Dahinsiechen kaum überdecken. Midori stellte mich vor. Ihre Schultern bebten. Der Alte reagierte nicht. Später aßen wir Misosuppe, Reis und Gemüse. Ganz schlicht. Nachdem ich ein kleines Vermögen für die Flüge bezahlt hatte, war ich etwas enttäuscht über die Begrüßung. Im Grunde beachteten sie mich kaum. Der jüngere der beiden Brüder zeigte mit den Essstäbchen auf mich und meckerte wie eine Ziege. Midori senkte ihren Kopf über die Schüssel und antwortete nicht auf meine Frage, was der Bruder gemeint hatte. Dann ging sie in das Zimmer zu ihrem Vater. Ich wurde vor dem Fernsehgerät platziert. Es lief eine Spielshow für Erwachsene. Die Kandidaten mussten irgendwelche sinnlosen Aufgaben erfüllen, währenddessen rannte der Moderator im Weg herum und sprach unablässig mit aufgekratzter Stimme zur Kamera. Der Ton war viel zu laut eingestellt, doch ich konnte die Fernbedienung nicht finden. An dem Gerät selbst waren auch keine Tasten angebracht. In der sechsten Werbepause schaute ich nach Midori. Sie saß am Bett des Alten und hielt seine kleine, knöcherne Hand. Ich flüsterte ihren Namen, doch sie reagierte nicht. Leise schloss ich die Tür. Wieder vor dem Fernsehapparat begann meine Haut zu jucken, als wimmelten Ameisen darunter herum. Der Ton war unerträglich laut. Der Sinn der Sendung, die nun lief, erschloss sich mir nicht. In einer Art Talkrunde saßen einige Leute zusammen und redeten. Immer wieder stand einer auf und platzierte Schilder mit Schriftzeichen an andere Stellen im Studio. Dann setzte die Person sich wieder und redete auf die anderen ein, bis der nächste aufstand und die Schilder umstellte. Dazwischen wurden kurze Einblendungen von menschenleeren Landschaften gesendet. Midoris Mutter zeigte mir das Bett. Ich schlief mit den Brüdern in einem Raum. Kaum hatten sie sich hingelegt, löschten sie das Licht. Ich streckte mich bekleidet auf dem Bett aus und starrte auf die dunklen Flügel des Ventilators an der Decke. Kaum war ich eingeschlafen, klingelte ein Wecker. Die Brüder kleideten sich an, wobei sie sich laut unterhielten. Sie würden zum Fischen fahren, wie ich von Midori wusste. Vor dem Fenster war tiefe Nacht. Ich wartete eine Weile, dann ging ich in das Zimmer des Alten und berührte sie an ihrer Schulter. Sie kam mir kalt vor. Ich sagte Midori, dass ich sie ablösen würde, sie solle sich hinlegen, ich würde aufpassen. Sie lächelte müde und verließ den Raum. Auf einem Schemel sitzend betrachtete ich den Alten. Der aufgezehrte Körper wölbte kaum die Decke, wie ein Kind so klein und schmächtig. Der Hals war mehr eine dünne gefurchte Röhre, an dem das Fleisch wie ein schlaffes Segel hing. Sein Gesicht glänzte gelblich, die Haut spannte sich wie ein Trommelfell über den Schädel darunter. An den Knochenvorsprüngen hatte sie sich dunkel verfärbt und war aufgeplatzt. Die eingetrockneten Lippen entblößten kleine braune Zähne. Tief lagen die geschlossenen Augen in den Höhlen, die Lider zuckten leicht. Ich war mir nicht sicher, ob er schlief oder wachte und betrachtete ihn wie ein schädliches Tier, das versehentlich ins Haus gekommen war. Als ich mich vorbeugte und seinem Gesicht ganz nah war, öffnete er plötzlich die Augen. Ihr klarer, wissender Blick entsetzte mich. Seine Pupillen spiegelten meinen Hass. Er hatte unser Verhältnis vergiftet, er war daran schuld, dass ich meine Ersparnisse für die

Flüge aufgebraucht hatte, er war der Verursacher für Midoris Kummer. Was hatte er ihr nur alles angetan?, fragte ich mich. Und was alles hatte er mir angetan? In seinen Augen erkannte ich, dass er verstand, was in mir vorging. Wir blickten uns lange an. Starr, schweigend. Wie lange, fragten meine Augen, willst du uns das noch antun, wann endlich wirst du sterben? Seine Pupillen weiteten sich für einen Moment, als amüsiere er sich darüber. Lange noch nicht, sagten seine Augen. Ich werde Midori nicht so schnell loslassen. Sie ist mein! Mir schoss das Blut zu Kopf. Das ist zu viel, dachte ich. Langsam streckte ich meine Hände aus, jetzt legte sich etwas wie Furcht auf seine Augen, sie weiteten sich, als ich ihm das Kissen unter dem Kopf hervor zog und es ihm auf das Gesicht legte. Ich setzte mich auf das Bett, auf seinen zusammengesunkenen Körper und drückte das Kissen auf sein Gesicht. Leben kam in ihn. Er bäumte sich auf, wollte mich abwerfen, die Arme bewegten sich wie Schlangen unter meinen Knien, doch ich war zu schwer für ihn, auch wenn er sich noch so wild gebärdete. Stirb, du japanischer Blutegel, dachte ich. Stirb! Warum stirbst du so schwer? Ich fühlte mich wie auf einem knorrigen, harten Ast, der einen Fluss hinab treibt, auf und ab warf sich der Körper unter mir.

Auf und ab. Auf und ab. Ich sitze noch immer im Bug des Bootes und blicke dorthin, wo ich das Land weiß. Es ist nur noch ein schmaler schwarzer Streifen im Morgenlicht. Hinter mir geht die Sonne auf, das Meer hat sich beruhigt und schimmert perlmuttfarben wie das Innere einer Muschel. Meine gefesselten Arme sind eingeschlafen und brennen. Im Inneren ist alles kalt und dumpf. Mein Magen schlingert im Rhythmus des Bootes und der Wellen. Alles egal. Es ist mir gleich, was sie mit mir anstellen, wo sie mich entsorgen wollen, nur sollen sie es bald tun, ich kann nicht mehr, will nur noch weg hier, schlafen, tot sein, Midori wieder sehen, Midori nie mehr sehen.

Irgendwann war Stille. Der Knochenmann unter mir rührte sich nicht mehr. Langsam hob ich das Kissen. Die Augen aufgerissen, die Skleren von geplatzten Blutgefäßen durchzogen, die Zunge angeschwollen, mit gelblichem Schaum bedeckt, so starrte er mich an, und seine Augen sagten nicht mehr: Midori ist mein! Seine Augen schwiegen. Ich legte das Kissen unter seinen Kopf und versuchte die Augen zu schließen, es war nicht möglich, sie wollten blind in die Welt starren, der sie nun nicht mehr angehören würden. Nach einer halben Stunde weckte ich Midori.

Ich wache auf, auch wenn ich nicht geschlafen habe, der Schwindel lässt nach, als der Außenborder erstirbt. Der eine klappt den Motor nach oben, der andere holt eine neue Flasche Reisschnaps aus einer Kiste. Das Boot dümpelt lautlos auf der Dünung, dreht sich sachte, jetzt kann ich die Sonne sehen, sie steht kurz über dem Horizont. Das Meer strahlt in warmen Rottönen. Stille. Frieden. Ich sehe Midoris Gesicht vor mir. Leise schüttelt sie ihren Kopf. Mir ist schwindelig, ganz benommen, ich höre nicht, was sie sagt. Danke, sehr schön, sagt sie, aber das hättest du nicht tun müssen. Ich lächle, als sie fragt, ob ich mit ihren Brüdern zum Fischen gehen will.

Gerhard Roth
Der Schwarze

„Die Förster jagen heute Nacht am Hirschkopf", verriet mir die Gretel. Dann könnte ich in den „Bomiggrund" gehen. Dort treibt sich seit Tagen ein kapitaler Zwölfender herum. Der Hirsch brächte mir dreißig Reichsmark ein. Der Kronenwirt hat schon lange nach einem Stück Wild angefragt. Am Sonntag nach dem Kirchgang hat mich der Forstgehilfe so auffällig gemustert. Ich weiß, dass er auch hinter der Gretel her ist. Weiß er vielleicht noch mehr? Jeder im Dorf ist hinter der Gretel her. Aber die Gretel gehört mir. Sie ist mein Schatz und versorgt mich immer mit den neuesten Jagdnachrichten aus dem Forstamt, wo sie den Haushalt führt.

Die Förster wissen ja nicht, wie grausam Hunger schmecken kann, zumal das Angebot vor der Haustür frei herum läuft. In der letzten Nacht wurden unsere Kartoffelfelder von den Sauen umgegraben. Ersatz für die ausgefallene Ernte bekommen wir nicht. Ich weiß nicht, wie wir durch den Winter kommen sollen. Auf die Gretel kann ich mich verlassen. Den Forstgehilfen muss ich im Auge behalten, der kann mir gefährlich werden. Meine Büchse habe ich am Niklaskreuz versteckt und muss nun einen kleinen Umweg machen. Vogelstimmen begleiten mich und verraten meine Richtung. Ich verscheuche sie mit dem Ruf des Waldkauzes und verlasse den Weg. Mit der Büchse in der Hand suche ich die Deckung der Eichen. Sie wiegen ihre Häupter im abendlichen Wind und schweigen, wie die Frauen und Männer im Dorf. Zänkische Eichelhäher und zeternde Amseln geraten aneinander. An der Lichtung muss ich mich links halten, damit das Wild keine Witterung aufnimmt. Jetzt geht der Mond auf. Mit seinem fahlen Licht im Rücken kann ich die ganze Lichtung überblicken. Der nächtliche Wald füllt sich immer mehr mit Leben. Ein stetes Knacken und Brechen von Zweigen, ein Trommeln und Gurren, unterbrochen von Warnrufen und Angstschreien, Rascheln im Unterholz, Summen der Leuchtkäfer. Das Konzert beginnt und ich sitze in der ersten Reihe, die Knarre anschlagbereit. Der Abtransport wird schwierig werden. Alleine schaffe ich das nicht. Etwas Dunkles zischt über mir auf den Boden. Zwei Krallen packen blitzschnell zu. Eine Maus hängt in den Fängen der Eule und wird nach oben getragen. Da treten zwei Schatten aus der Deckung, drei... vier... es werden immer mehr und mittendrin schreitet seine Majestät, die mächtige Krone leicht angehoben. Der Zwölfender betritt die Lichtung, eine erhabene Erscheinung. Ich halte die Büchse im Anschlag. Langsam krümmt sich mein Zeigefinger. Ich warte geduldig, bis ich einen Blattschuss anbringen kann.

Ein Schuss fällt und splittert die Baumrinde über meinem Kopf.

„Du Wilddieb, Gewehr runter!"

Ich kenne die Stimme, ... er hat ohne Vorwarnung auf mich geschossen, durchfährt es mich erneut. Einen Augenblick zögere ich, dann springe ich mit der Büchse in der Hand von einem Baum zum nächsten. Wenn ich es so bis zur Fichtenschonung schaffe, habe ich gewonnen. Von hier aus kann ich das weitere Geschehen beobachten, ohne selbst gesehen zu werden. Er hat meine Spur verloren. Vor Gericht würde er Recht bekommen. Wenn der Förster oder seine Gehilfen einen Wilderer erschießen, ist es immer Notwehr. Wenn ich einen Hasen schieße, lande ich für einige Monate im Kerker. In der Nacht noch durchsuchen die Gendarmen unser Haus. Sie finden aber nichts Verdächtiges, auch mich nicht. Ich werde angeklagt wegen Wilddieberei. Wieder brennt die Frage: Ist das Wild nur für die Fürsten und die Förster da? Wir könnten uns alle gut vom Wald ernähren, wie die Fischer vom Meer.

Am Tag der Gerichtsverhandlung stehe ich noch bei Dunkelheit auf. Der Forstgehilfe macht der Gretel jetzt noch aufdringlicher den Hof. Heute ist die Gelegenheit günstig. In den „Hirschhörnern" hole ich mir schnell einen Rehbock. Beim Aufbrechen des Wildbrets werde ich wehmütig, ein Ziehen und Stechen im Magen. Es sollte mein letztes Stück Wild sein. Das hatte ich Gretel versprechen müssen. Meine Büchse werde ich in Ölpapier einpacken und in der Scheune vergraben. Man weiß nie. Vor dem Gerichtssaal wartet Gretel schon auf mich und wirft mir strafende Blicke zu. Ich bestreite energisch die Aussagen des Hilfsförsters. „Herr Richter, in der Nacht sehen alle Katzen schwarz aus."

„Besonders dann, wenn sie mit Ruß geschwärzt sind," verbessert mich der Vorsitzende. Ich bestehe darauf, die Gretel in den Zeugenstand zu holen. Ein Lächeln blitzt auf in den Augen des Gerichtsrats, als Gretel fest versichert, dass ich die ganze Nacht bei ihr war. Der Jagdgehilfe rutscht unruhig auf seiner Bank hin und her. Blässe schießt in sein rotes Vollmondgesicht, Schweiß perlt auf seiner Stirn, Hass flackert in seinem Blick. Noch ehe er ums Wort nachsuchen kann, verkündet der Vorsitzende mein Urteil. Es war kein glatter Freispruch, aber mehr konnte ich auch nicht erwarten.

Wie nahe liegen Recht und Unrecht oft beisammen, wer kann sich rühmen ein gerechtes Urteil stets zu fällen, wenn Not und Elend selbst den frömmsten Mann zu solchem Frevel zwingen, wenn verschmähte Liebe drängend nach verwegnen Taten sucht.

Ein Steinkreuz am „Eichgrund" erinnert an die Bluttat: „An dieser Stelle wurde ich, Johann Edelmann, genannt der Schwarze, am 22. Juni 1822 eines jämmerlichen Todes erschossen." Der Wind rüttelt an den Kronen der knorrigen Spessarteichen. Auch er vermag nicht, den einzigen Zeugen dieser grausamen Tat ihr Geheimnis zu entlocken. Gelegentlich summen sie zu dem Pfeifen des Windes des Wilderers Hymne: „Wer schleicht durch den nächtlichen Walde, so einsam wildernd umher und hält in seiner Rechten so krampfhaft fest sein Gewehr."

Horst Kayling
Zaunkönig

Zwei Fenster vor mir. Zweige bewegen sich im Wind. Die Knospen sind aufgesprungen, als ich auf die Station kam. Wann habe ich das letzte Mal aufrecht aus diesen Fenstern gesehen, gehalten von einem Gehwagen? Mir schwindet das Zeitgefühl. Die Zweige winken mir. Die grünen Blätter sind frisch und jung.

Wie oft habe ich den Frühling erlebt mit diesen hellgrünen Trieben? Ich könnte es an den Fingern abzählen.

Ein Vogel singt. Der fröhlich schmetternde Gesang mit dem Triller in der Mitte, ein Zaunkönig. Vor dem Fenster, vor dem Bett.

Seit ich mich nicht mehr aufrichten kann, habe ich das Fußende mit dem cremefarbenen Rohr und dem Schild daran nicht mehr gesehen. Auch nicht die Beschriftung, die ich nie mehr lesen werde. Die Bettdecke, weiß wie ein Leichentuch.

Weggesperrt im Klinikzimmer. Neben mir mein maschinelles Pendant, die pfeifende Beatmungsmaschine, die Luft in meine Lungen pumpt. Mein Blick ist begrenzt durch die Zimmerwände, zwei Fenster als Ausweg.

Die Schwester.

Sie dreht mich von der Rückenlage zur Seite.

Der Zaunkönig schmettert. Ich lausche ihm, auch mit meinem schwachen Gehör, flach liegend, mit geschlossenen Augen, mit Schläuchen in Mund und Nase.

Es macht Mühe, die Augen zu öffnen. Ich sehe verschwommen die zwei Rechtecke, sehe Regen an ihnen herunter rinnen. Sie werden auf einen Schlag hell. Ich höre das Rollen des Donners. Sie werden dunkler, dann ist Abend. Bei Nacht ist alles schwarz, ein Stück Tod. Wenn ich die Flächen noch einmal heller werden sehe, ist Morgen.

Immer sind Schläuche in Mund und Nase, in Blase und Darm hinaus und herein, in meinen Leib, wie Kabel zu einer Maschine.

Will ich leben? Ich sehe doch die zwei Flächen dunkler und wieder hell werden, fühle die warme Hand der Schwester, sehe, wie sie nach den Schläuchen schaut, wenn ich meine Lider hochziehe. Ich muss sie hochziehen wie schwere Tore, sehe die grünen Zweige sich bewegen hinter der hellen Fläche, warte auf den Zaunkönig, der ermutigend sein Lied schmettert. Ich bin noch so wach, dass ich es hören kann.

Die Tür geht auf, geräuschlos, aber ich fühle es. Ich fühle, wie die Schwester näher kommt. Sie sagt etwas, aber zu sich selbst. Dann nimmt sie meine Hand. Ihre ist warm, wärmer als meine, warm und tröstend. Ihre Wärme fließt in meine Hand, etwas Leben kommt zurück zu mir.

„Horst, wie geht's uns heute?" Ich ziehe die Lider hoch, versuche zu nicken, es fällt mir schwer. Es ist alles so schwer.

„Ach Hörsti", murmelt sie. So wurde ich als Kind gerufen. Die Kindheit holt mich ein.

„Hörsti". Dann berührt sie meine Hand etwas länger als sonst, bleibt auch länger am Bett, beugt sich zu mir herunter, sieht nach den Schläuchen in Nase und Mund.

Adern, die mich am Leben halten, ein Schlauch für Nährlösung, einer für Luft.

Die Schläuche winden sich von den Flaschen und Kästen durch die Luft bis in mein Bett, dringen in mich wie Würmer.

Wie Würmer dringen sie in meinen Leib, wie Würmer, die bald wieder in meinen Leib dringen, wenn der Sarg unter der schweren Erde bricht.

Der Zaunkönig. Die Hand der Schwester gibt mir Wärme und Leben, der Gesang des Vogels Freude und Mut. Mut für die nächsten Stunden, wenn die Rechtecke wieder dunkler werden und es schwarz wird.

Vielleicht singt er morgen wieder, wenn die Sonne die Flächen hell macht, antwortet dem Pfeifen der Beatmungsmaschine.

Ja, morgen!

Die Schwester wird kommen und mich ihre warme Hand fühlen lassen. Der Zaunkönig wird vor dem hellen Rechteck in überschäumender Lebendigkeit sein Lied schmettern, ein Triller in der Mitte.

Schwester!

Stunde um Stunde verrinnt.

Warten auf das Dunklerwerden der Rechtecke, warten auf das Hellerwerden, warten auf die Bewegung der Zweige, warten auf die Schwester.

Flaschen hängen am Ständer, die tropfenweise sich entleeren, Tropfen um Tropfen fließen in meinen Leib bis zum Aus.

Wir sind verkettet. Ohne blasende und pfeifende Beatmungsmaschine wäre ich tot. Doch dann wäre auch sie stumm.

Schwester!

Außer den Zweigen hinter dem Rechteck und der pfeifenden Maschine neben mir habe ich nur die Schwester. Komm noch einmal, sieh nach den Schläuchen, sieh nach der Nährlösung, nach meinen Exkrementen in den Behältern, nimm meine Hand, lass deine Wärme herüberfließen, sprich mit mir.

Die Tür geht auf, geräuschlos, ich spüre es.

„Hörsti, bald haben wir's geschafft!" Was haben wir?, möchte ich fragen. Doch es kommen keine Worte aus meinem Mund. Ihre Hand ist warm, viel wärmer als meine.

Etwas anderes läuft aus meinem Mund. Sie wäscht meine Mundhöhle, meine Falten, meinen ganzen faltigen Leib. Aber es riecht nicht mehr nach mir. Ich bin so schwach. Sie wendet meinen weißen knochigen Leib, der lahm auf der Matratze liegt, wechselt die Katheter, trägt die Behälter mit den Exkrementen weg.

Das Waschen und Wenden hat mir Kraft genommen.

Ich bin schwach, sehe nicht mehr das Licht an der Decke, die Apparate auf den Konsolen, Tisch und Stuhl, für Besucher gedacht, bin fixiert auf die Rechtecke, die im Laufe des Tages dunkler werden und dann wieder hell, auf die Hand der Schwester, die tröstend warm ist, wärmer als meine, die ich kaum mehr heben kann zum Gruß, wenn die Schwester kommt.

Aber hinter dem hellen Rechteck bewegt sich etwas, winkt zum Abschied.

Schwester, höre ich noch einmal deine Stimme?

Lasst mich! Lasst mich gehen! Warten auf die Schwester? Auf ihre warme Hand? Ich kann es nicht mehr. Lasst mich stumm, lasst mich reglos.

Ich schwebe in einen Tunnel, leicht, ohne Kummer, ohne Angst. Hinten ein Licht, strahlend hell, tröstend wie die warme Hand der Schwester, ermutigend wie der Gesang des Zaunkönigs. Ich trete ein in das Licht, ohne Zeit und Raum, eingebettet in das wunschlose Glück, das keinen Namen hat.

Auf dem Bildschirm fallen die Spitzen zu einer Waagrechten zusammen. Ein rotes Licht blinkt auf der Konsole.

Der Zaunkönig schwirrt heran wie ein Pfeil, reckt sich, bläht die Kehle und schmettert ein lebensfrohes Requiem.

Dietmar Rehwald
Erinnerungsspuren

Die Ziehleinen der Fahnen schlagen gegen die Stangen und machen ein vertrautes Geräusch. Wolken bevölkern den Himmel, haben es eilig fortzuziehen. In der Ferne fallen dunkelgraue Regenstreifen schräg ins Meer. Das Land bleibt trocken. Der Wind – er hat mir gefehlt. Ich bin hier, aber noch nicht richtig angekommen.

Erst wenn ich meine Füße in den Sand gesetzt habe, werde ich wirklich angekommen sein, wenn ich sie befreit habe von ihrer beengten Behausung. Meine Zehen werden die Oberfläche des Sandes betasten, einsinken ins Körnige. Und ich werde denken: „Dies sind *meine Füße*, die hier umhergehen, auf dieser Erde, an diesem Ort." Unglaublich wird das sein, einfach unglaublich. Aufgeregt werde ich dem Meer entgegengehen, mit geschlossenen Augen, ganz bedächtig und ein wenig ängstlich, in kleinen Schritten, jeder Schritt ein Geschenk. Bis ich eine erste Berührung spüren werde, ja bis ich es deutlich spüre, dieses sanfte Umschmeicheln meiner Beine. Und ich werde die Augen öffnen und ins Weite blicken, dorthin, wo sich alles Sehen verlieren muss. Und ich werde sagen, zum Meer werde ich sagen: „Sieh her, dies sind meine Beine, die mich zu dir geführt haben, die jetzt in dir sind", ja das werde ich sagen. Aber jetzt kommt der Wind aus Ost. Die Wellen tragen Schaumköpfe. Übermorgen, ja übermorgen vielleicht. Dann soll der Wind auf Südwest drehen.

Ich gehe den Strandweg entlang. Nur wenige Menschen sind unterwegs. Bin ich geflüchtet? Als ich Larissa sagte, ich wolle für ein paar Tage an die Küste fahren – allein – huschten für einen kurzen Moment grüblerische Züge über ihr Gesicht. Ein fragendes „Aha?" rutschte hinterher, das sie aber nicht weiter ausführte. Keine endlosen Diskussionen diesmal, kein Hinterfragen bis zur völligen Erschöpfung. Etwas später ein: „Dann fahr doch!" Seit damals hielt sie sich zurück, obgleich ich merkte, dass es ihr schwerfiel und ich jede Rücksichtnahme ablehnte.

Den Hinweis auf den barrierefreien Strand finde ich bemerkenswert. Ein flaues Gefühl steigt vom Magen her auf. Oder ist es mein Kopf, der in den Magen fällt? Der kühle Luftstrom aus dem fernen Osten nutzt jeden Durchschlupf, um an meine Haut zu gelangen, mich zittern zu lassen. Später im Café sperre ich ihn aus, den eisigen Gesellen, der verärgert ums Haus prustet, sinke tief ein in Polster und Buch. Und ich vergesse zu schreiben – *ihr*.

Sonnenstrahlen, die im Sand gespeichert sind. Das Meer ist bewegt vom Wind vergangener Tage. Ich spüre, ja ganz deutlich spüre ich, wie meine Füße den Sand ertasten, wie es kribbelt, wie sie kleinste Veränderungen wahrnehmen, seine Temperatur und Struktur. *Ich bin meine Beine.*

Wir spielen ein Spiel, das ich so sehr mag. Ich kann es kaum abwarten, es mit ihm zu spielen. Dicht am ausgefransten Meeressaum gehe ich entlang, folge den Wellen, sobald sie sich zurückziehen, gehe schnell einige Schritte ins Offene hinaus, weiche zurück, wenn sie wieder kommen. Manchmal aber, wenn ich zu viel wage, mich täuschen lasse von ihren scheinbar gleichmäßigen Bewegungen, dann schiebt mir das Meer eine hoch bewegte Welle unter, die weiter ausgreift, meine Füße schäumend umschlingt, hoch schwappt bis zum Hosenstoff und ich freudig fluchend den Rückzug antrete, mir eingestehen muss, dass ich das Spiel verloren habe. In diesen Augenblicken spüre ich ihn, den Meeresatem. Nur hier kann ich weiter atmen, sehen und denken – *nur hier*.

Ein Kind tritt in meine Fußstapfen, läuft aus ihnen heraus, jagt den Möwen nach, tritt wieder in sie hinein. Ein wenig schäme ich mich meiner großen Füße. Ich habe Lust, über die Steinreihe zu balancieren, diesen Schutzwall, der das Meer brechen, es den Menschen gewogen machen soll, doch ich wage es nicht. Lieber sehe ich dem Jungen zu, der mit seinen Händen ein Loch in den Sand buddelt.

Unweit des Jungen ziehe ich meine Isoliermatte aus dem Rucksack und setze mich. Ich sehe abwechselnd hinaus aufs Meer und zu dem Jungen, der gerade damit beschäftigt ist, mit einem dicken Ast einen Kanal in den Sand zu graben. Gerne würde ich ihm dabei helfen. Erinnerungen ziehen herauf: der erste eigene Fotoapparat, das erste Mal die Eltern knipsen, wie sie vor dem Krabbenkutter stehen, die Schwester im gehäkelten Bikini, der Vogelpark, der erste erinnerte Wespenstich, der Geruch von Sonnenmilch, mit der mir meine Mutter den Rücken eincremt, der erste Chinese, mein Vater, der mich hochwirft, wie ich schreiend ins Meer falle, die Glibbertiere, die aussehen wie Wackelpudding. Und über allem die Möwen, vor reinstem Blau, das sie noch weißer erscheinen lässt, als sie ohnehin schon sind. Die eine Möwe, die ich Eierkopf nenne. Und dann sind's die anderen auch alle, weil ich mir nicht mehr sicher bin, welche von den Möwen die eierköpfige ist.

Wenig später habe ich wieder Lust, Abdrücke zu hinterlassen, laufe einige Meter, knie nieder, zeichne sie nach – *meine Fußabdrücke*. Ich gehe weiter, blicke immer wieder zurück, kann mich nicht satt sehen an meiner sandigen Gefolgschaft, die mir dicht auf den Fersen ist. Gehen, einfach nur gehen, den Willen haben zu laufen. Und so erstaunlich es ist: Sie gehorchen mir auf Schritt und Tritt – *meine Beine*. Jubelnd renne ich den Möwen hinterher, bis das Meer sagt: *Stopp!* Ich werde fortgehen von ihr – *ich kann es*.

Autorinnen und Autoren

Horst Kayling, geboren 1940 in Lippstadt. Aufgewachsen in Westfalen, Maschinenschlosser-Lehre, Ingenieurstudium, Konstrukteur bei Bosch in Waiblingen, AEG in Frankfurt, VDM in Aschaffenburg. Geheiratet 1968, erste Wohnung in Aschaffenburg, seit 1972 freiberuflicher Konstrukteur, 1977 bis 1986 im Kernforschungszentrum Karlsruhe. 1987 Berufstätigkeit aufgegeben. Alpenüberquerung zu Fuß und anderthalbjährige Reise durch die USA im Wohnmobil.

1981 erste Kurzgeschichte, die 1994 in einer Anthologie erschien. Buchveröffentlichung: *Über die Alpen* 2008.

Neben dem Schreiben zeichnet und aquarelliert Horst Kayling, spielt Gitarre oder engagiert sich für den Naturschutz, verbringt seine Zeit am liebsten in der selbstgebauten Wochenendhütte bei Aschaffenburg.

Christine Mai, Jahrgang 1966. Von Beruf Bilanzbuchhalterin, wohnhaft in Aschaffenburg.

Kurzgeschichten: Anthologie „Mordskartoffel" (2007); Anthologie „Regionalkrimis aus Elsenfeld und Umgebung" (2008); Anthologie „Höhenflüge und Abgründe – Erzählungen aus Franken" (2010).

Sie erhielt 2009 den 3.Preis bei dem Wettbewerb „Elsenfeldkrimi".

Meike Kreher, geboren 1969 in Aschaffenburg. Sie kehrte 2006 nach vierzehn Jahren Florenz (Studium der Komparatistik an der Universität Siena, dort Examensarbeit über die Figur des „Revenant in den englischen und deutschen Balladen zwischen Sturm und Drang und Romantik", berufliche Tätigkeit als selbstständige Übersetzerin) zurück in ihre Geburtsstadt, wo sie weiterhin als freiberufliche Übersetzerin arbeitet.

Schreibt seit Oktober 2006 Prosa. Besuch von Schreibkursen bei Berndt Schulz in Hanau und Renate Traxler in Frankfurt/Main, Seminare bei Sonja Rudorf und Ron Kellermann ebenda. Teilnahme am Seminar „Alle Poesie ist Übersetzung" von Jan Volker Röhnert, organisiert vom *Hessischen Literaturforum im Mousonturm e.V.* Lesungen im Remisebau von Schloss Philipsruh, Hanau, im Rahmen des Kurses von Berndt Schulz.

Seit April 2008 Kontakt mit Münchner Literaturagentin und in diesem Zusammenhang, nach bisheriger Produktion von Kurzgeschichten, Entwicklung eines größeren Projekts.

Seit 2004 verbringt sie etwa drei bis vier Monate im Jahr in Salvador da Bahia (Brasilien), wo sie weiter als Übersetzerin ihr Geld verdient und versucht, sich von der Landschaft und den Menschen (zum Schreiben) inspirieren zu lassen.

Dietmar Rehwald, geboren 1964. Studium der Sozialpädagogik in Frankfurt/M.

Bisherige Veröffentlichungen: Kurzgeschichte „Lückenhaft" im Tiroler Literaturmagazin *Cognac& Biskotten.*

Gerhard Roth, geboren 1946, wohnt in Weibersbrunn, bis zur Pensionierung war er Polizeibeamter in Aschaffenburg. Gerhard Roth ist Langstreckenläufer beim TV Haibach, mehrfacher Deutscher Meister in den Altersklassen. Er war Sieger beim Edersee-Literaturwettbewerb *Supermarathon 2000* mit dem Beitrag „Der Letzte..."

Karin Senn, geboren 1963, Schweizerin. Nach dem Studium der Geisteswissenschaften langjährige Tätigkeit im Personalbereich verschiedener Firmen. Seit 2006 in Aschaffenburg, wo die ersten Kurzgeschichten und ein Krimi entstanden.

Stefan Valentin Müller, geboren 1962 in Aschaffenburg, studierte in Gießen Tiermedizin und in Leipzig am Deutschen Literaturinstitut angewandte Literatur. Er veröffentlichte Kurzgeschichten in diversen Literaturzeitschriften und Anthologien, zuletzt in *Dreizehn Morde hat das Jahr*, Heyne-Verlag, 2009.

Buchveröffentlichungen:

„Ich erkläre meine Stadt – Aschaffenburg für Kinder", Alibri Verlag, 2007.

Kriminalroman „Schlachthofsymphonie", Emons-Verlag, 2008.

„Mainz für Kinder", Emons-Verlag, 2009.

„Der Spessart für Kinder", Emons-Verlag, 2010.

Im Herbst 2009 ist er für den Deutschen Kurzkrimipreis nominiert worden, 2010 für den Friedrich-Glauser-Preis, Sparte Kurzkrimi.

Christian Schmidt, wurde 1978 in Essen geboren. Nach Literatur-Studium in Bochum zog er 2004 nach Aschaffenburg, wo er immer noch als Redakteur arbeitet, auch wenn er mittlerweile in Hessen wohnt. Als Ruhrpott-Junge schrieb er Kurzgeschichten, eine davon ist in der dritten Auflage von *Geisterjäger John Sinclair*, Band 316 (Bastei, 1993), unter dem Titel „Schöne Grüße" zu finden. Seit 2008 fantasiert er wieder regelmäßiger: In der Anthologie *MordsApfel* (Sieben Verlag, 2008) ist sein Kurzkrimi „Mord mit Spiegelbild" veröffentlicht worden. Wenn er keine Texte verfasst, sammelt er amerikanische Comics oder schaut sich DVDs an.